Alessandro Tota & Pierre van Hove

DER BÜCHERDIEB

Alessandro Tota & Pierre van Hove

DER BÜCHERDIEB

REPRODUKT

KAPITEL 1

„ARBEIT IST WAS FÜR IDIOTEN."
Linda C.

WIEDERSEHEN...

EINEN AUGENBLICK BITTE, DER HERR...

HE!

10. April 1953. Ich heisse Daniel Brodin und ich bin Dichter.

Dies ist der schönste Tag meines Lebens.

Heute Morgen, als ich Nicole in der Universität traf, wusste ich das jedoch noch nicht.

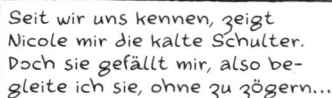

ICH HABE GEHÖRT, DASS SEIT GESTERN ABEND IM CAFÉ SERBIER EIN DICHTERWETTSTREIT LÄUFT...

Seit wir uns kennen, zeigt Nicole mir die kalte Schulter. Doch sie gefällt mir, also begleite ich sie, ohne zu zögern...

Im ersten Stock des Café Serbier mischt sich eine Handvoll berühmter Schriftsteller unter eine Horde junger, von der Nacht erschöpfter Dichter.

François Garlou, Edelfeder bei „Les Temps Modernes" und treuer Gefährte Sartres, trägt seine neusten Gedichte vor.

Sein Beitrag ruft bei einigen Zuhörern Unmut hervor. Beleidigungen fliegen hin und her.

Kurz bevor es zu Handgreiflichkeiten kommt, ergreift Miguel Bélanchon das Wort.

"DIESER WETTBEWERB IST DOCH ABSOLUT LACHHAFT!"

"WIR ÜBERBIETEN UNS HIER GEGENSEITIG AN STOLZ UND EITELKEIT, DABEI WIRD DIE WAHRE DICHTUNG AUF DER STRASSE GEBOREN! WIR MÜSSEN DEN UNBEKANNTEN DAS WORT ÜBERLASSEN!"

Er holt zu einer langen Rede über die Rolle des Intellektuellen in der bürgerlichen Gesellschaft aus und proklamiert schliesslich...

WENN ES HIER EINEN JUNGEN, UNERFAHRENEN DICHTER GIBT, SO MÖGE ER VORTRETEN!

Ich weiss nicht, was in mich gefahren ist, doch ich stehe auf. Will ich Nicole beeindrucken? Habe ich den Verstand verloren?

Mein gewöhnliches Aussehen sorgt für Enttäuschung. Man hätte sich einen Proletarier gewünscht oder besser noch einen Obdachlosen.

François Garlou scheint sich schon zu langweilen, noch ehe ich begonnen habe.

Ich wollte den „Sexuellen Kompass" vortragen, eines meiner surrealistischen Gedichte, doch plötzlich scheint mir das keine gute Idee mehr zu sein.	Mir kommt ein italienisches Buch in den Sinn, das ich vor Kurzem gelesen habe. Eine Sammlung von Versen geisteskranker Dichter.
„Die Hirtenhündin" kann ich auswendig. Ich habe es gelernt, um mein Italienisch zu verbessern. Niemand dürfte dieses Gedicht kennen.	Ich übersetze es, während ich es vortrage, aus dem Stegreif. Ein wunderschönes Gedicht.
Wie hat der Hirte wegen seiner Hündin gelitten! Ich denke an Nicole, und sein Schmerz wird zu meinem.	Ein Triumph.

| Sie umringen mich, loben mich. Ein ganz neues Gefühl. | Ein vollkommener, totaler Einklang... Ich wünschte, es würde nie enden. | So also fühlt sich Erfolg an? Mir wird klar, dass ich mich mein Leben lang genau danach gesehnt habe. |

Ein Herr jedoch scheint den allgemeinen Enthusiasmus nicht zu teilen.

"... EINE WUNDERVOLLE KOMPOSITION, WIRKLICH! UND SIE HABEN NIE ETWAS VERÖFFENTLICHT?"

"IHR ITALIENISCH IST SEHR GUT."

"... WIE BITTE?"

"MEINES WISSENS EXISTIERT KEINE ÜBERSETZUNG VON „LA CAGNA DEL PASTORE"... MEINEN GLÜCKWUNSCH..."

"ICH... ICH VERSTEHE NICHT..."

ICH KENNE DAS BUCH AUCH, MONSIEUR BRODIN.

„GEISTESKRANKE DICHTER DER PO-EBENE"

UND ICH BIN GANZ IHRER MEINUNG. EIN WUNDERVOLLES BUCH, DAS ES VERDIENT, STUDIERT UND… „ZITIERT" ZU WERDEN.

DA UNSER GESCHMACK UNS VERBINDET, WÜRDE ICH SIE GERNE WARNEN. SEHEN SIE ALL DIESE MENSCHEN, DIE SIE SO WOHLWOLLEND AUFGENOMMEN HABEN?

SIE SIND WIE EINE HUNDEMEUTE, DIE NUR DARAUF WARTET, SIE ZU ZERFLEISCHEN.

VIEL GLÜCK, MONSIEUR BRODIN.

SIE WERDEN ES BRAUCHEN.

Ich bin wie gelähmt. Ich habe nicht einmal die Kraft, ihm hinterherzulaufen.

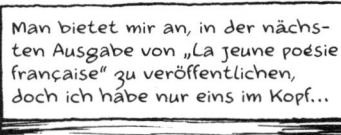

Nicole will mich zum Essen einladen, doch ich schenke ihr keinerlei Beachtung.

Man bietet mir an, in der nächsten Ausgabe von „La jeune poésie française" zu veröffentlichen, doch ich habe nur eins im Kopf…

Flucht.

Ich bin geliefert!

Wie konnte ich mich nur in eine solche Lage manövrieren?

Dieser Kerl wird alles verraten! Ich werde das Gespött von ganz Paris sein! Und all das nur, weil ich diese dumme Nicole beeindrucken wollte!

Was tun? Die Stadt verlassen? Für immer verschwinden?

Alles ist aus! Ich kann mich genauso gut gleich in die Seine stürzen!

Wie so oft spendet mir das Schaufenster einer Buchhandlung Trost.

Bücher! Sind sie nicht an allem schuld?

Eine krankhafte Leidenschaft, mit der ich mich infizierte, als ich während des Krieges bei meinen Grosseltern in der Nähe von Cahors lebte. Trotz der deutschen Besatzung ging es uns nicht schlecht.

Doch das Dorf war fürchterlich. Ich fühlte mich dort nicht wohl.

Mein Grossvater war Anwalt und liebte die schönen Dinge. Er gewährte mir Zugang zu einem Teil seiner Bibliothek.

Ich begriff schnell, dass mir die interessantesten Bücher vorenthalten wurden: mehrere Bände französischer Poesie, in denen der Alte pornografische Fotos versteckte.

So entdeckte ich Baudelaire, Verlaine und vor allem Rimbaud, den ich fast kultisch verehrte. Ich las bis zur Erschöpfung. Einmal hätte ich fast das Haus in Brand gesetzt.

Es hätte mir eine Warnung sein müssen. Ich hätte mit dem Lesen aufhören und mich für andere Dinge interessieren sollen.

Stattdessen stürzte ich mich kopfüber ins Schreiben – eine Tätigkeit, die mir gewaltige Erektionen bescherte.

Doch in einem derart borniertem Umfeld war Schreiben reine Zeitverschwendung.

Als ich zum Jurastudium nach Paris geschickt wurde, war es wie eine Befreiung.

"JETZT ZU UNS BEIDEN, PARIS!"

Ich zog zu meinem Onkel und meiner Tante, beide ehemalige Résistancekämpfer und aktive Kommunisten. Gute Menschen, wenn auch ein wenig bigott.

Meine Leidenschaft für Bücher wuchs unaufhaltsam, und um sie zu befriedigen, begann ich zu stehlen. Ein unwiderstehlicher Drang – ich musste mir sogar ein Versteck in einem alten Verschlag suchen, um das Diebesgut zu horten.

| Haben Sie schon einmal ein Buch gestohlen? Es ist nicht schwer, man muss nur geschickt und kaltblütig genug sein. | Beides trifft auf mich zu. | HALT! |

GLEICH HAB ICH DICH, DU MISTKERL!

LASSEN SIE MICH!
RÜCK DAS BUCH RAUS!
ICH WEISS NICHT, WOVON SIE REDEN!
HER MIT DEM BUCH, DU GAUNER!
FASSEN SIE MICH NICHT AN!
PAFF!
KOMM MIR NICHT NOCH MAL UNTER DIE AUGEN!
ICH GLAUBE, DU KÖNNTEST EINEN SCHLUCK VERTRAGEN...

DANKE...
DER KERL SAH ZIEMLICH WÜTEND AUS...
DER MUSSTE GANZ SCHÖN RENNEN FÜR SEIN BUCH, HE HE!
UND AM ENDE HAT ER DICH DOCH ERWISCHT. ALLES UMSONST, BRUDER...
ACH JA? UND WAS IST MIT DEM HIER?
HMM... SCHLAUES KERLCHEN!
GILLES, WIR MÜSSEN LOS. JEAN-MICHEL KOMMT GLEICH BEI MIR VORBEI.
HIER TRENNEN SICH UN-SERE WEGE, MEIN LIEBER BÜCHERDIEB...

VERZEIHUNG... ABER SIE SIND NICHT ZUFÄLLIG KÜNSTLER, ODER?
... ICH BIN NÄMLICH EINER. ICH STEHLE BÜCHER NUR, WEIL ICH KEINE WAHL HABE...
... NICHT ZUM VERGNÜGEN!
UND SELBST WENN ES SO WÄRE...
LA NOUVELLE GRAVURE
... WAS WÄRE DARAN SCHLECHT?

Die beiden heissen Gilles und Linda. Sie sind Künstler, kein Zweifel, auch wenn mir noch nicht klar ist, was sie eigentlich tun.

Sie sind jedenfalls alles andere als gewöhnlich... Irgendetwas an ihnen zieht mich unwiderstehlich an.

Wir kommen sofort auf Literatur zu sprechen und stimmen in vielen Punkten überein – das reicht, damit sie mich zu sich nach Hause einladen.

Was sind das für Leute, die einen Unbekannten zu sich einladen, nur weil er die gleichen Bücher schätzt?

Diebe.

Endlich bin ich unter meinesgleichen...

Belesene Diebe vielleicht, aber immer noch Diebe.

WAS IST DENN VOM SURREALISMUS NOCH ÜBRIG? BRETON IST OBERSTER POLIZEISPITZEL UND DIE ANDEREN SIND EINFALTSPINSEL UND LÜGNER.

ES EKELT MICH AN.

— IHRE ZEIT IST VORBEI. MAN SOLLTE SIE ALLE AN DIE WAND STELLEN.

— WEISST DU, WAS MIR WIRKLICH DIE AUGEN GEÖFFNET HAT? EIN AUFENTHALT IN DER BESSERUNGSANSTALT.

— DAS WAR IN BELGIEN, WEGEN DIEBSTAHL. ICH WAR MIT EINEM FREUND UNTERWEGS. EIGENTLICH WOLLTEN WIR NACH STOCKHOLM.

— DOCH DAS BIER IN BRÜSSEL WAR SO GUT, DASS WIR EIN HALBES JAHR GEBLIEBEN SIND.

— AN MEINEM GEBURTSTAG HABEN SIE MICH GESCHNAPPT UND EIN PAAR WOCHEN EINGESPERRT. DA HAB ICH'S KAPIERT.

— MAN MUSS ALLES DAFÜR TUN, UM NIE ZU ARBEITEN, DENN DAS LEBEN IST DAS WAHRE SPIELFELD DER KUNST. EINEN DIEBSTAHL ZU PLANEN IST GENAUSO VIEL WERT, WIE EIN BUCH ZU SCHREIBEN.

— GEWISSE ENTSCHEIDUNGEN TREFFEN, AUF EINE BESTIMMTE WEISE LEBEN... DAS SIND BEREITS KÜNSTLERISCHE AKTE.

— ES SIND SOGAR DIE EINZIGEN KÜNSTLERISCHEN AKTE, DIE NOCH MÖGLICH SIND!

DOCH DAS WICHTIGSTE IST, JEGLICHE TEILNAHME ZU VERWEIGERN...

... JEGLICHE TEILNAHME AN WAS?

AN ALLEM, WAS WIR NICHT SELBST ENTSCHIEDEN HABEN.

ICH VERSTEHE ÜBERHAUPT NICHTS MEHR, GILLES. WAS FÜR KÜNSTLER SEID IHR DENN NUN EIGENTLICH? WAS MACHT IHR GENAU?

WAS SOLLTEN WIR DENN MACHEN?

ICH WEISS NICHT... STUDIEREN? ARBEITEN?

KOMMT NICHT IN FRAGE!

KAPIERST DU: ARBEIT IST WAS FÜR IDIOTEN.

BALD WIRD DIE TECHNIK DIE MENSCHLICHE ARBEIT ÜBERFLÜSSIG MACHEN. ES WIRD EINE GROSSE UMWÄLZUNG GEBEN.

MILLIONEN JUNGE MENSCHEN WERDEN AUF DIE STRASSE GEHEN UND EINE REVOLUTION MACHEN. SIE WERDEN EINE NEUE GESELLSCHAFT SCHAFFEN, IN DER ARBEIT NUR NOCH EINE SCHLECHTE ERINNERUNG SEIN WIRD.

UND DU, DANIEL? AUF WELCHER SEITE WIRST DU STEHEN, WENN DIESER TAG KOMMT?
DAS WEISS ICH NICHT... ICH WERDE GEWISS ZU ALT SEIN...
DANN WIRST DU HINWEGGEFEGT.
WENN DAS SO IST, WERDE ICH EBEN KOLLABORATEUR... KOLLABORATEUR DER JUGEND.
BRAVO, DANIEL!
HEUTE ABEND WIRST DU SEHEN, WAS FÜR AKTIONEN WIR MACHEN. WIR SEHEN UNS SPÄTER BEIM CERCLE PAUL-VALÉRY.
KÜMMER DICH UM UNSEREN FREUND...
UND SEID SCHÖN BRAV, JA?
WILLST DU WAS RAUCHEN?

Haschisch. Es schmeckt anders als Tabak.

Irgendwie besser.

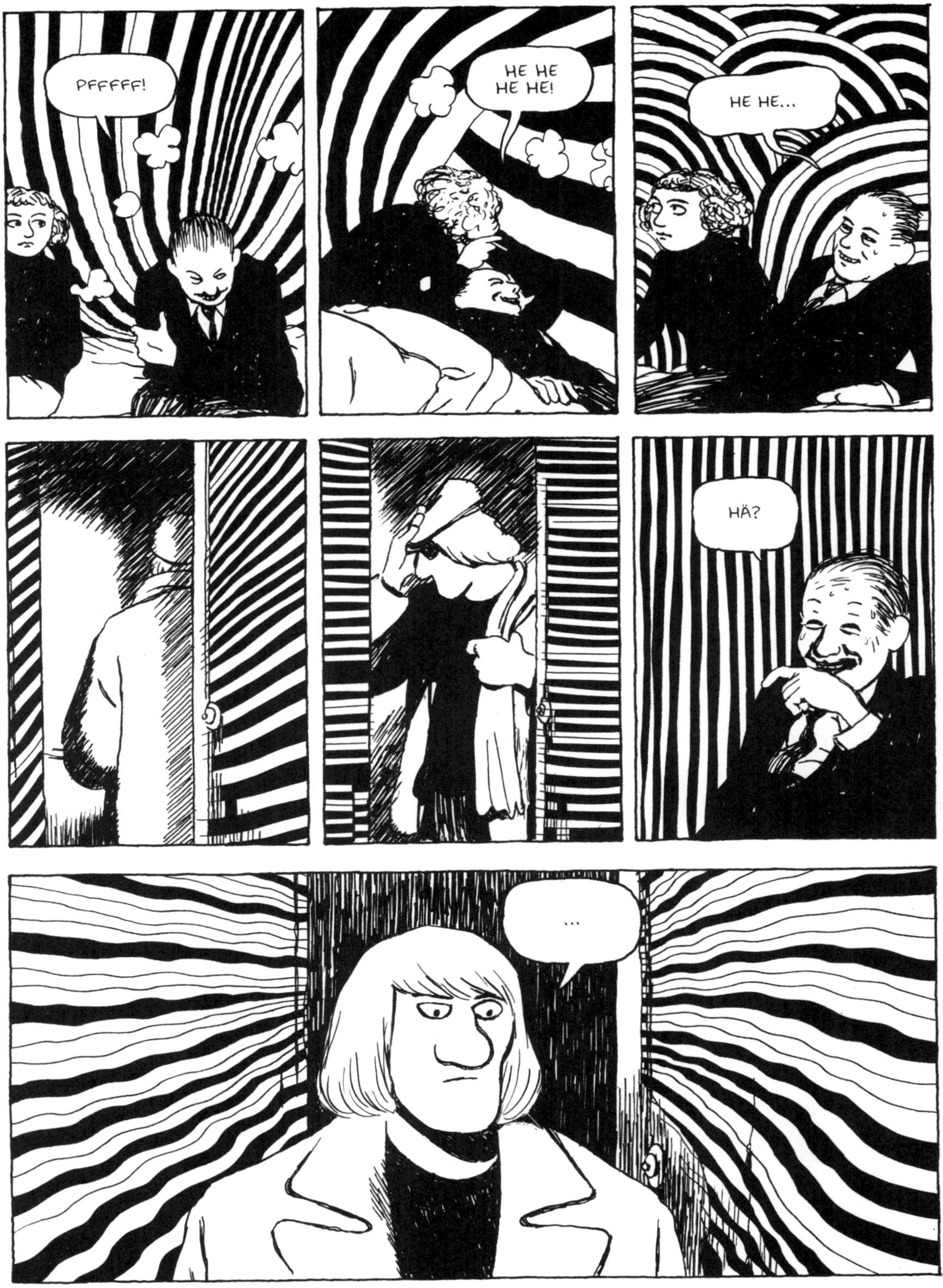
PFFFFF!
HE HE
HE HE!
HE HE...
HÄ?
...

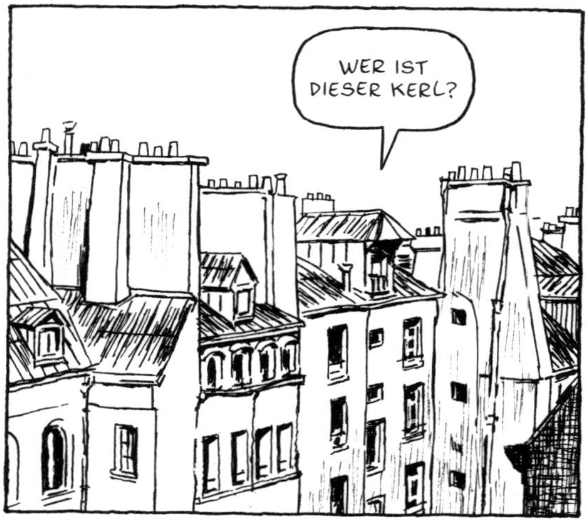
WER IST DIESER KERL?

KAPITEL 2

„WENN ICH GEWINNE, SEID IHR ALLE TOT."

Gaspard D.

| Es beginnt mit Schmatzen, Grunzen und Niesen. | Dann artet es in einen lang gezogenen Urschrei aus... | ...der die Scheiben zum Zittern bringt. |

Nicht auszuhalten.

| Jean-Michel. | Schon bei klarem Kopf hätte ich Angst vor ihm gehabt... | In welcher Beziehung steht er zu Linda? Sind sie zusammen? Ich befürchte ein Missverständnis. |

| Aber er ist nur ein Freund. Ein Freund mit einer Schlägervisage. | Bei so einer Fresse denkt man sofort an das Schlimmste. | Er liefert seine karge Beute ab. Ein schlechter Tag. |

Wir leeren die Flasche und ziehen los. „Ohne Jean-Michel können sie nicht anfangen, er ist Gilles' Leibwächter", erläutert Linda.

Wir treffen den Rest der Bande, aber uns bleibt keine Zeit für Begrüssungen.

Der Cercle Paul-Valéry. Hier trifft sich die Crème de la Crème der Literaturszene, sogar Gaston Gallimard höchstpersönlich ist anwesend. Und wir sind mittendrin!

Es ist mir ein Rätsel, warum sie uns überhaupt reingelassen haben.

Man labt sich an Schnittchen und lauscht René Char.

Ich halte in der Menge nach Berühmtheiten Ausschau, doch vergebens. Also widme ich mich dem Buffet.

Seit heute Morgen habe ich nichts in den Magen bekommen... Glücklicherweise gibt es einen vorzüglichen Champagner, der meine Lebensgeister wieder weckt.

Gilles und die anderen stehen ein wenig abseits und mustern die versammelte Gesellschaft mit offensichtlicher Verachtung. Immer wieder stösst einer von ihnen einen Schrei aus.

Ein solches Verhalten sind die Stammgäste des Zirkels nicht gewohnt. Sie scheinen es mit der Angst zu tun zu bekommen.

Schliesslich legt Gilles los.

SNIFF

SNNFF

SNNFF

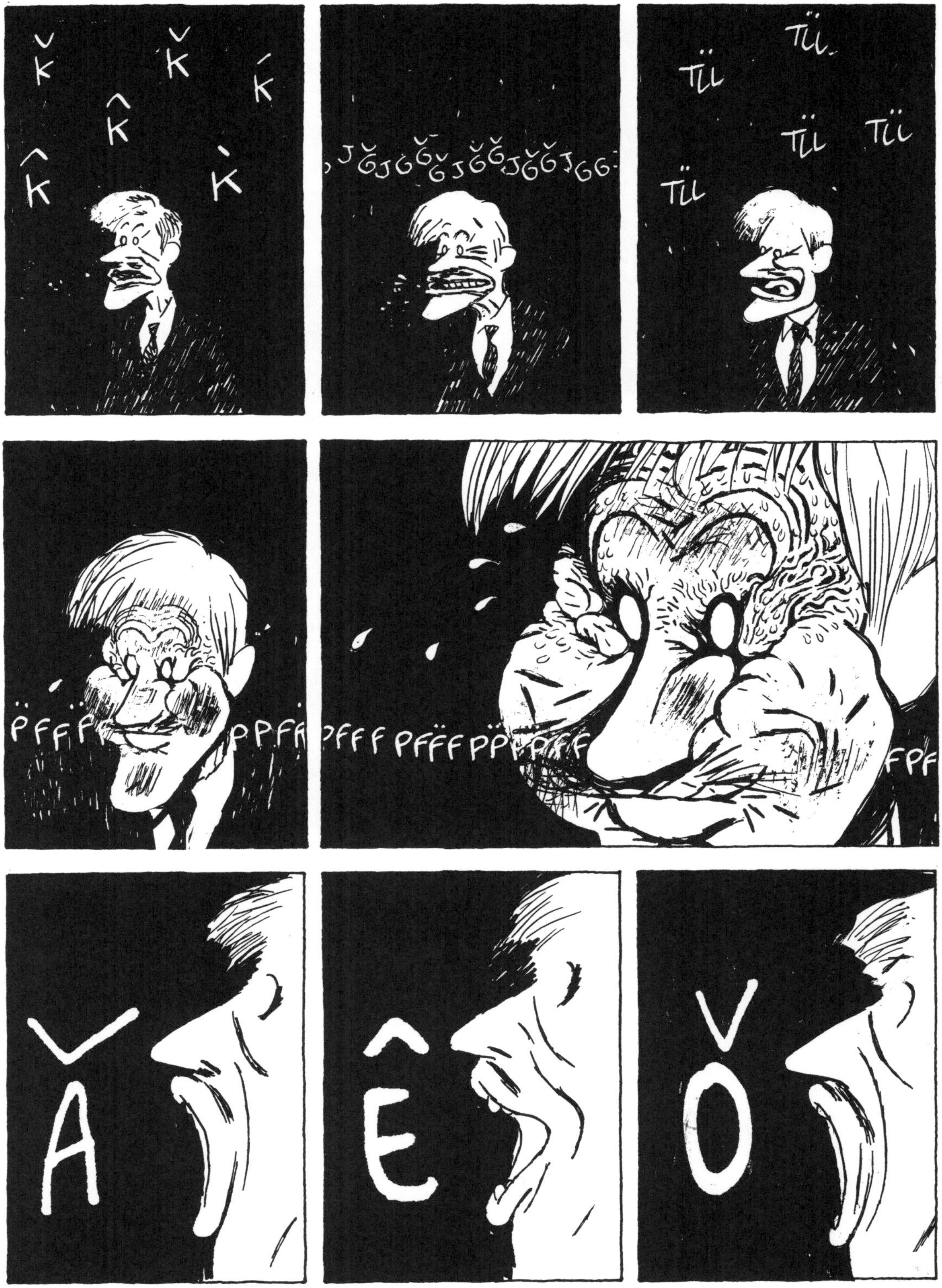

| | Gilles erreicht mit seiner Provokation genau, was er wollte. |

| Doch was genau wollte er eigentlich? | Auf jeden Fall scheinen die Leute uns in Stücke reissen zu wollen. |

Ich werde von zwei alten Hexen angegriffen... und versuche mich mit Anstand aus der Affäre zu ziehen.

Doch leicht ist das nicht.

Wo ist der her?

Keine Ahnung, wem der gehört...

Du bist wirklich ein waschechter Dieb...

"DIESE STROLCHE!"

"N'ABEND, JACQUES."

"MIGUEL, MEIN GUTER!"

"JACQUES, WIE WÜRDEST DU EINEN KERL NENNEN, DER MORGENS MIT EINIGEN ZUTIEFST KLASSISCHEN VERSEN DEN RESPEKT DER MODERNSTEN DICHTER ERRINGT UND ABENDS AN EINER AKTION DER RADIKALSTEN AVANTGARDE TEILNIMMT?"

"HM... WEISS NICHT..."

"ALSO ICH NENNE DEN EIN GENIE!"

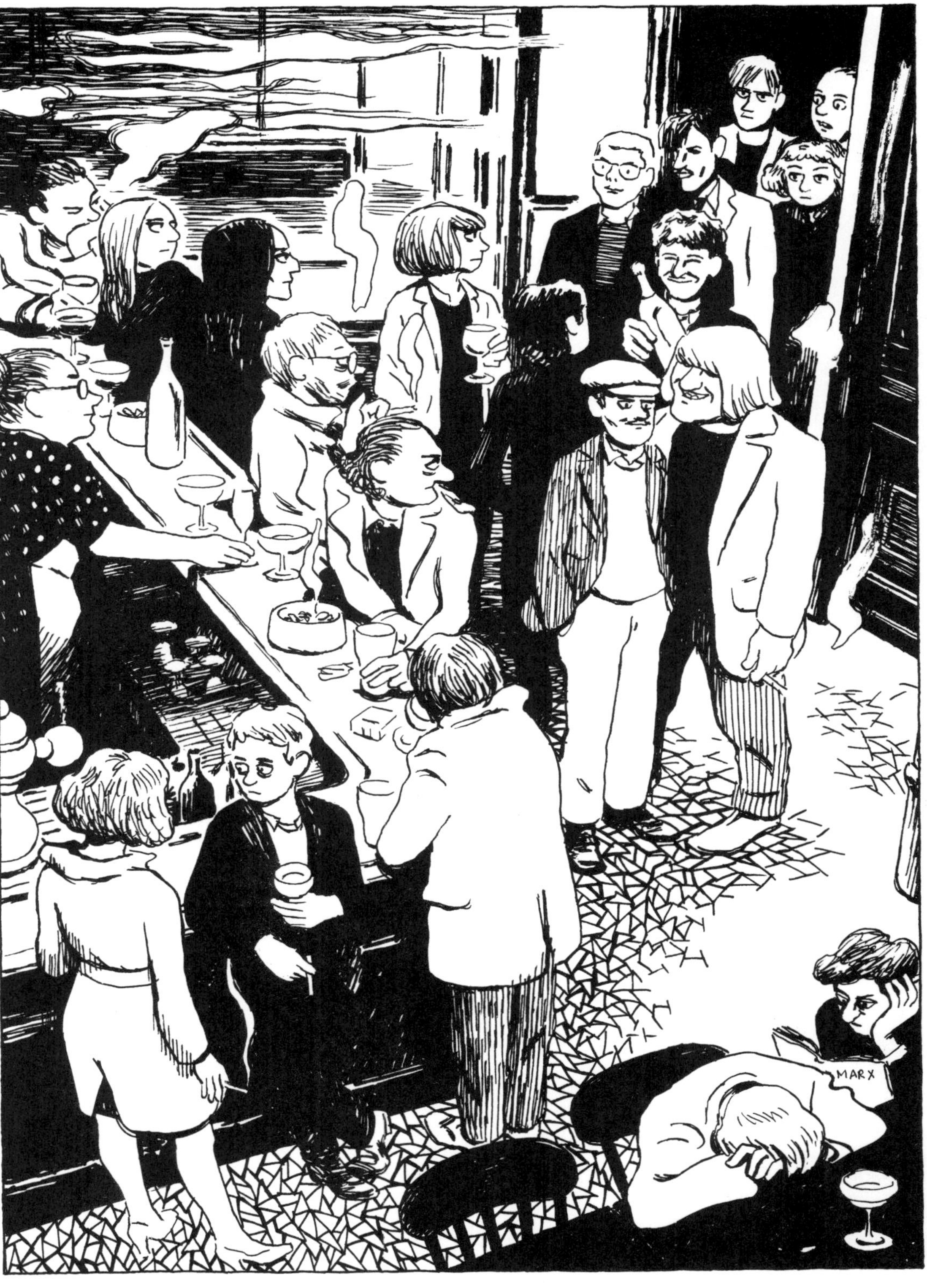
MARX

GIBST DU MIR EINE FLASCHE CÔTES DU RHÔNE?
ERST ZAHLST DU DEINEN DECKEL.
ACH KOMM, MAÏTÉ... DEIN GELD KRIEGST DU NÄCHSTES MAL...
SEIT WOCHEN DAS GLEICHE LIED. ERST WIRD GEZAHLT, DANN GIBT ES WEIN.
RENÉ!
DU HIER! KOMM IN MEINE ARME!
BLEIB MIR VOM HALS, DU STINKST NACH ÄTHER!
HALLO, GILLES!
LEIHST DU MIR DEN MAL KURZ?

	WIE VIEL GLÄSER HATTET IHR SCHON? — **NEUNZEHN. ABER DER ARME GASPARD HAT BEIM DREIZEHNTEN DIE SEGEL GESTRICHEN.**

EIN WETTKAMPF... PASTIS GEGEN RUM.

DER GEWINNER DARF ÜBER LEBEN UND TOD ALLER ANDEREN ENTSCHEIDEN.

WENN ICH GEWINNE, SEID IHR ALLE TOT.

Das Café Sully... Hier fliesst der Alkohol in Strömen.

"DARF ICH MICH SETZEN?" / "SELBSTVERSTÄNDLICH. NEHMEN SIE MEINEN PLATZ."	"NUR KEINE UMSTÄNDE."	
Fantastisch.		Zum ersten Mal in meinem Leben spüre ich ein Gefühl von Heimat.
So gut wie in Gesellschaft dieser Fremden ging es mir noch nie.		Könnte es sein, dass ich hier in dieser Kneipe eine neue Familie gefunden habe?

Panel 1: ENTSCHULDIGUNG, SIND SIE ALLE DICHTER?

Panel 3: WER IST DIESER IDIOT?

Panel 4: DAS IST ZU VIEL, DANIEL.

Panel 5: WIR NEHMEN DICH HIER AUF WIE EINEN BRUDER, UND DU, WAS TUST DU? DU BELEIDIGST UNS. DU NENNST UNS „DICHTER". ICH DACHTE, ICH HÄTTE DIR ERKLÄRT, WAS WIR VON DER SCHEISSE HALTEN, DIE SICH POESIE SCHIMPFT.

Panel 6: JETZT WOLLEN MEINE FREUNDE DICH RAUSWERFEN, UND DAS ZU RECHT. DOCH ICH WILL DIR NOCH EINE LETZTE CHANCE GEBEN... BEWEISE IHNEN, DASS SIE SICH IRREN.

DANIEL, ERZÄHL UNS ETWAS AUSSERGEWÖHNLICHES, ODER VERSCHWINDE FÜR IMMER.

Mir kommen die Tränen. Ich verspüre den plötzlichen Drang, diesem Revolutionstribunal all meine Sünden zu beichten.

Ich beginne mit meiner jüngsten Schandtat: dem Plagiat im Café Serbier. Ich erniedrige mich vollkommen, geniesse es beinahe. Ich will, dass sie mich mit Fusstritten verjagen... Ich will, dass niemand mehr etwas von mir erwartet.

Ich reisse mir die Maske vom Gesicht. Der Moment ist gekommen, die Wahrheit zu offenbaren: Ich bin ein Hochstapler.

UNGLAUBLICH, DANIEL! WEISST DU, WAS DU DA GETAN HAST?

DU HAST DIE PARISER INTELLIGENZIJA AN DER NASE HERUMGEFÜHRT UND DIE TYPEN ALS KOMPLETTE IDIOTEN ENTLARVT!

DIESE TAT MUSS IN EINEM MANIFEST ÖFFENTLICH GEMACHT UND AN ALLEN MAUERN VON PARIS ANGESCHLAGEN WERDEN!

DAS WAR EINE GROSSARTIGE AKTION!
ICH GEHE DAVON AUS, IHR SEID ALLE EINVERSTANDEN, DASS DANIEL BEI UNS BLEIBT... HEISSEN WIR IHN WILLKOMMEN!
HIER, BÜCHERDIEB, DAS HAST DU DIR VERDIENT.
Mein Plagiat als avantgardistische Aktion? Warum eigentlich nicht?
Ein guter Weg, das Gesicht zu wahren... vor allem, wenn Gilles und die anderen meine Untat durch ein Manifest öffentlich machen.
„Daniel Brodin, Avantgarde-Künstler." Je mehr ich darüber nachdenke, desto besser gefällt es mir.
Und ist nicht das Geheimnis des dauerhaften Erfolgs die Fähigkeit, sich ständig neu zu erfinden?
AUF MICH!

Im Café Sully trifft man allerhand liebenswürdige Menschen, wie zum Beispiel Claude.

DIE ORGANISATION DER FREIHEIT DER MASSEN IST NOTWENDIG FÜR DIE REGIERENDE MACHT.

Oder Ed.

EIN BETRUNKENER IST SO VIEL WERT WIE ZWEI NÜCHTERNE!

Ralph.

DIE AVANTGARDE IST EIN GEFÄHRLICHES METIER.

René.

WENN ICH EIN AUTO KLAUE, WARTE ICH AUF DEN BESITZER, EHE ICH LOSFAHRE... ER SOLL MICH SEHEN.

Michelle.

NACH DREI WOCHEN OPIUMRAUCHEN WOG ICH NUR NOCH 40 KILO! UND ICH HATTE NICHT MAL HUNGER!

Mohamed.

MAN SOLLTE GEHEN, UM SICH ZU VERIRREN, NICHT, UM ANZUKOMMEN.

WILLST DU EIN PAAR SKIER KAUFEN? GANZ NEU!

Und dann ist da dieses Mädchen...

... ihr Name ist Colette.

46

| Ich merke sofort, dass sie anders ist. | Auch sie kommt aus einem finsteren kleinen Dorf. Die Natur fehle ihr, sagt sie. |

| Vielleicht hat sie dort ja die Tiere gefüttert und die Kühe gemolken... lauter Sachen, die ich nie hingekriegt habe. | Sie ist wundervoll... Ich kann nicht wegsehen... Bei ihrem Anblick muss ich an Heu denken... oder an ein Glas Milch. |

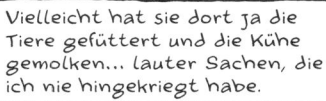

"GEHT'S DIR GUT?"

"SEHR GUT."

"BIN... GLEICH WIEDER DA."

ALLES KLAR, KUMPEL?

TSSS! LERN ERST MAL ZU TRINKEN, KLEINER!

ES GEHT MIR GUT...

ICH MUSS MICH NUR KURZ AUSRUHEN.

Heu.

Heu... und ein Glas Milch.
HE.
HE ! HO !
BÜCHERDIEB!
AUF GEHT'S!
DIE MACHEN DICHT!

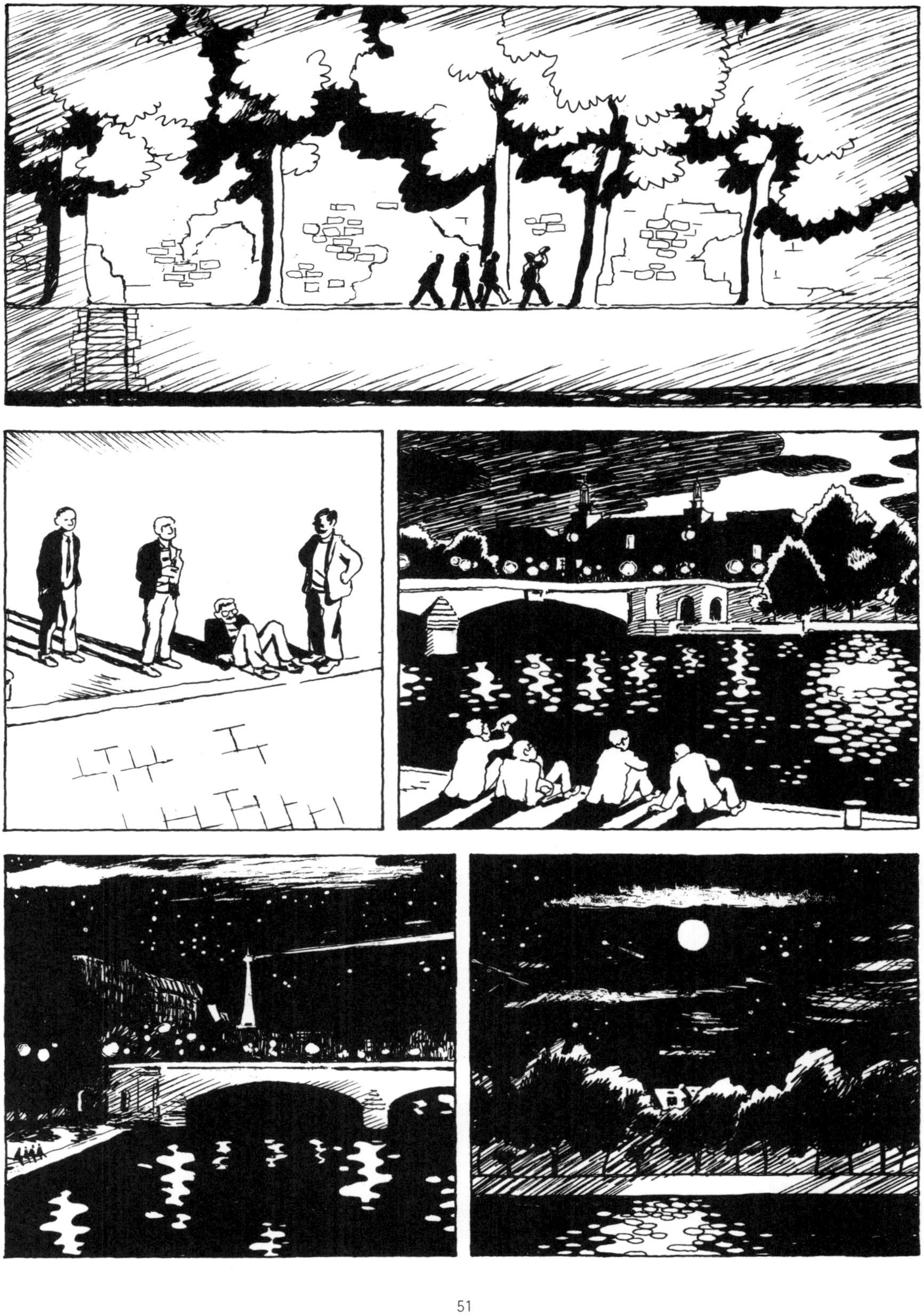

DIESE COLETTE... ICH MAG SIE.
COLETTE? DIE IST VOR SECHS MONATEN VON ZU HAUSE ABGEHAUEN. IHR VATER IST EIN RICHTIGES ARSCHLOCH.
ICH GLAUB, ER HAT SIE ANGEFASST.
WIE MEINST DU DAS?
NA, BEGRAPSCHT HAT ER SIE, DAS SCHWEIN!
DANN SOLLTEN WIR IHN UMBRINGEN...
HEUTE MORGEN WOLLTE ICH IN DEN FLUSS SPRINGEN.
SELBSTMORD? DAS IST OFT 'NE GUTE LÖSUNG.
GUT, DASS ICH ANGST BEKAM.
... DENN SO KANNST DU DIE FLASCHE LEER MACHEN.

Gut, dass ich Angst bekam... sonst...

... hätte ich euch nie getroffen.

Dieses Licht...

DAS LICHT DES EIFFELTURMS...

... ICH KANN NICHT SCHLAFEN...

... KÖNNTET IHR IHN NICHT AUSSCHALTEN?

DEN EIFFELTURM AUSSCHALTEN? DAS...

... IST EINFACH NUR...

... GENIAL!

KAPITEL 3

„SIE HABEN DAS ZEUG ZUM DICHTER! DAS SPÜRE ICH!"

M. Bélanchon

| Dreiundzwanzig Gedichte und ein Brief. | So viel habe ich geschrieben, seit ich wieder bei meinem Onkel in Aubervilliers bin. | Ich besinge die Mädchen des Café Sully. |

| Den Duft ihres Haars, das wilde Feuer ihrer Augen. | Ich besinge Gilles, seine Freunde, den Alkohol... | Die Seine. Und Paris bei Nacht. |

Es kommt mir immer noch unwirklich vor.	Im Morgengrauen am Ufer der Seine aufwachen! Ist das nicht wunderbar?	Liebe! Freude! Freiheit!
Freiheit! Ein herrliches Wort!	Drei Mal verwende ich es in dem Brief, mit dem ich meine Familie vom Abbruch meines Studiums unterrichte.	
	Ich werde Gilles' Beispiel folgen: keine Kompromisse.	Ich bin Dichter. Nichts anderes.

59

WIR ERWARTEN TAUSENDE GENOSSEN, DIE PARTEI HAT DAS GROSS AUFGEZOGEN...
NA DANN, EIN HOCH AUF DIE PARTEI!
DU BIST GESTERN GANZ SCHÖN SPÄT NACH HAUSE GEKOMMEN.
LASS DAS NICHT ZUR GEWOHNHEIT WERDEN, DANIEL. DU BIST ZUM STUDIEREN HIER...
ACH... DAS LEBEN FÜHRT UNS AUF UNVORHERGESEHENE PFADE...
MEINST DU DAMIT DURCHGEFEIERTE NÄCHTE?
ICH BRECHE MEIN STUDIUM AB, ONKEL.
BIST DU ÜBERGESCHNAPPT?

HA HA! FRANCINE, DEIN NEFFE WILL SEIN STUDIUM ABBRECHEN.

HA HA!

WAS SOLL DENN DAS HEISSEN, DANIEL? IST DAS DEIN ERNST? HAST DU EINE ARBEIT GEFUNDEN?

IM GEGENTEIL... ICH HABE NICHT DIE GERINGSTE ABSICHT ZU ARBEITEN.

AHA! HÖRT IHR DAS? ARBEITEN WILL ER ALSO AUCH NICHT!

UND ICH WERDE ES GLEICH HEUTE GROSSVATER MITTEILEN!

DU MEINST DAS WIRKLICH ERNST?

DANIEL, HILF MIR MAL, DEN WAGEN ZU BELADEN.

| | Es folgte ein unangenehmes Gespräch mit meinem Onkel... |

| ICH VERSTEH'S NICHT. WARUM WILLST DU AUFHÖREN? | Ich erklärte ihm, dass das Schreiben Opfer verlangt und dass ein Künstler keine Kompromisse machen darf... | ABER DAS STUDIUM HÄLT DICH DOCH NICHT VOM SCHREIBEN AB... IM GEGENTEIL... |

UND WOVON LEBT EIN SCHRIFTSTELLER?

KLEINE AUFTRÄGE HIER UND DA... ARTIKEL FÜR DIE PRESSE...

„KLEINE AUFTRÄGE"? DANIEL, DU WOLLTEST ANWALT WERDEN!

Wie sollte ich ihm beibringen, dass mir seine kleinbürgerlichen Sorgen äusserst borniert erschienen?

DANIEL, BITTE SAG DEINEM GROSSVATER NOCH NICHTS UND LASS DIR DIE SACHE NOCH EINMAL DURCH DEN KOPF GEHEN. MEHR VERLANGE ICH NICHT.

Wie hätte ich mich weigern können? Mein Onkel ist einer der Menschen, die ich am meisten respektiere. Auf seine Art macht er keine Kompromisse. Deswegen konnten sich Grossvater und er auch nie ausstehen.

Natürlich habe ich ihm weder von Gilles noch von den Ereignissen im Café Serbier berichtet.

Inzwischen muss Nicole den anderen an der Universität alles erzählt haben... Und solange Gilles das Manifest noch nicht gedruckt hat, wäre es eine Schande für mich, dorthin zurückzukehren.

Es sei denn, der Dandy hat mein Plagiat für sich behalten... doch das ist unwahrscheinlich.

Warum sollte er? Ich bin mir sicher, dass er gerade allen davon erzählt und sie über mich lachen.

Ich muss unbedingt Gilles erwischen.

Niemand.

Ich habe das ganze Viertel abgesucht. Alle sind wie vom Erdboden verschluckt.

Oder war der gestrige Abend nur ein Traum?

Ohne dass es mir bewusst wird, tragen mich meine Füsse zur Universität...

Das ist der letzte Ort, an dem ich sein sollte. Ein strategischer Rückzug in Vrins Buchhandlung scheint angebracht.	

Ich bin mir meiner selbst nicht mehr sicher.

Was, wenn mein Onkel recht hat?

Vielleicht ist es Irrsinn, alles hinzuwerfen. Ich sollte mein Studium fortsetzen und...

HE!

DANIEL!

WAS MACHST DU DENN HIER?

WAS WAR MIT DIR? DU WARST PLÖTZLICH WEG! / ICH HABE MIR SCHON SORGEN GEMACHT…	Was hat Nicoles plötzliche Freundlichkeit zu bedeuten? So habe ich sie noch nie erlebt.
DEIN GEDICHT ÜBER DEN HIRTEN WAR… UNFASSBAR!	Sie weiss von nichts. / ALLE WAREN ÜBERWÄLTIGT!
DU SAGST JA GAR NICHTS! FREUST DU DICH NICHT, MICH ZU SEHEN? / DOCH, SCHON… ABER WOHIN GEHEN WIR?	INS CAFÉ SERBIER NATÜRLICH! DA IST JEMAND, DER DICH UNBEDINGT TREFFEN MÖCHTE.

Panel 1: MONSIEUR BÉLANCHON! ICH HABE IHN GEFUNDEN!

Panel 3: DA SIND SIE JA ENDLICH! NUN STEHEN SIE NICHT SO HERUM, SETZEN SIE SICH DOCH, BITTE!
D...DANKE...

Panel 4: NUN, MEIN JUNGE, DARF MAN ERFAHREN, WAS IN IHREM KOPF VORGEHT?

Panel 5: B...BITTE?

Panel 6: ICH HABE SIE GESTERN BEIM CERCLE PAUL-VALÉRY GESEHEN! MORGENS REZITIEREN SIE ALSO BRILLANTE GEDICHTE UND ABENDS WERDEN SIE ZUM BÜRGERSCHRECK!

Panel 7: SIE WOLLEN DIE PARISER LITERATURSZENE IN DIE LUFT JAGEN! BRAVO, MEIN JUNGE! BRAVO! ICH BEGLÜCKWÜNSCHE SIE!
GENAU SOLCHE LEUTE WIE SIE BRAUCHEN WIR!

... NATÜRLICH, ÜBER DEN SINN DES GANZEN KANN MAN STREITEN... IHRE AKTION GESTERN WAR REINSTER NIHILISMUS... ABER IM GRUNDE VERSTEHE ICH SIE... UND BIN AUF IHRER SEITE.
WISSEN SIE, SCHON BEVOR ICH SIE AM ABEND WIEDERGESEHEN HABE, GING MIR DIESES FANTASTISCHE GEDICHT NICHT MEHR AUS DEM KOPF, DAS SIE IM CAFÉ SERBIER VORGETRAGEN HABEN...
IST DAS EIN JÜNGERES WERK? HABEN SIE NOCH ANDERE?
EINE SOLCHE SPIRITUELLE TIEFE HABE ICH BEI JEMANDEM IHRES ALTERS NUR SELTEN ERLEBT!
... SIE SIND ZU FREUNDLICH...
SEIEN SIE NICHT BESCHEIDEN, DANIEL! SIE HABEN DAS ZEUG ZUM DICHTER! DAS SPÜRE ICH!
ABER TROTZDEM HABE ICH DEN EINDRUCK, DASS SIE NICHT MIT SICH IM REINEN SIND...
... ODER IRRE ICH MICH, DANIEL?

WIE WOLLEN SIE KLASSISCHE POESIE UND RADIKALEN PROTEST IN EINKLANG BRINGEN? WO VERSTECKT SICH DER WAHRE DANIEL BRODIN?
ICH WÜRDE IHNEN DIESE FRAGE GERNE BEANTWORTEN, MONSIEUR BÉLANCHON, DOCH ICH WEISS ES SELBST NICHT.
SIE UND IHRE FREUNDE HABEN DOCH SICHER EINEN PLAN, ODER? WER SIND SIE? WAS HAT IHRE AKTION VON GESTERN ZU BEDEUTEN?
Was soll ich ihm sagen? Dass ich nur durch Zufall dabei war?
Kommt gar nicht in Frage.
WIR SIND DER MEINUNG, DASS ES NICHT REICHT, POESIE NUR AUFS PAPIER ZU BRINGEN. MAN MUSS SIE AUCH LEBEN.
WUNDERBAR! ENDLICH EINE GENERATION, DIE DEN GEIST DES SURREALISMUS IN DIE PRAXIS UMSETZT!
ABER WIR SIND GANZ ANDERS ALS DIE SURREALISTEN...

WAREN SIE SCHON EINMAL IM GEFÄNGNIS, MONSIEUR BÉLANCHON?

NOCH NIE.

DANN HABEN SIE ETWAS VERSÄUMT.

Ich spule ab, was mir von Gilles' Ideen zur Überschreitung der Grenzen der Kunst noch in Erinnerung geblieben ist, und erkläre ihm den Zusammenhang zwischen Autodiebstahl und Poesie.

Er stellt ununterbrochen Fragen, will alles wissen. Ich sehe mich gezwungen, immer wildere Geschichten zu erfinden.

Im Handumdrehen werde ich zum Kenner der modernen Literatur, zum Sprachrevolutionär, zum Abenteurer mit geheimnisvollen Absichten...

Nicole geht auf, dass sie mit einem bedeutenden Akteur der internationalen Kunst- und Literaturszene verkehrt.

EXTRAORDINÄR.

WÄREN SIE AN EINER VERÖFFENTLICHUNG IN „LES TEMPS MODERNES" INTERESSIERT?

DURCHAUS.

BRINGEN SIE MIR DAS GEDICHT VON VORGESTERN UND WEITERE IM SELBEN STIL.

SIE WERDEN SARTRE BESTIMMT GEFALLEN. KENNEN SIE IHN?

NICHT PERSÖNLICH.

DAS WIRD KOMMEN, ICH VERSICHERE ES IHNEN.

FREITAGABEND IST EIN EMPFANG BEI GALLIMARD. ICH LASSE SIE AUF DIE GÄSTELISTE SETZEN.

WIEDERSEHEN, DANIEL.

Es ist so weit. Die Stunde meines Ruhms steht bevor.

DU HAST IHM EINE ZIGARRE GEKLAUT?

JA, UND?

WARUM HAST DU MIR NIE ETWAS VON DEINEN ABENTEUERN ERZÄHLT?

ICH WUSSTE NICHT, OB ICH DIR VERTRAUEN KANN.

UND JETZT TUST DU ES?

DEINE GEDICHTE IN „LES TEMPS MODERNES"... EINFACH GROSSARTIG!

ICH HABE AUS REINEM OPPORTUNISMUS AKZEPTIERT.

DIE LESER VON „LES TEMPS MODERNES“ GEHÖREN ALLESAMT ZUR BOURGEOISIE... VERACHTENSWERTES PACK.
ABER ICH BIN AUCH AUS DER BOURGEOISIE... VERACHTEST DU MICH ETWA AUCH?
SELBSTVERSTÄNDLICH.
MÖCHTEST DU NÄCHSTEN DONNERSTAG ZU MEINEN ELTERN ZUM ESSEN KOMMEN?
DANACH KÖNNTEN WIR INS KINO GEHEN!
NUR WENN ICH DEN FILM AUSSUCHE.
LIBRAIRIE
Ich brauche einen Plan.
PHARM
Was soll ich Bélanchon am Freitag abliefern? Soll ich weiter die Anthologie geisteskranker Dichter plündern?

Was, wenn ich ihm meine eigenen Gedichte gebe? Im Grunde bin ich ein grosser Künstler... und etwas vom Autor der „Hirtenhündin" steckt auch in mir...

Immerhin war es meine eigene Übersetzung, die ich im Café Serbier zum Besten gegeben habe...

Doch ich glaube, der Moment ist gekommen, Daniel Brodins wahre Stimme erklingen zu lassen...

Ich werde ihm auch die neuesten Gedichte zeigen, die nach der Nacht mit Gilles entstanden sind...

Gilles.

Ich muss ihn finden, bevor es zu spät ist.

Ihn davon abhalten, das Manifest zu schreiben.

Sonst kann ich „Les Temps Modernes" vergessen!

KAPITEL 4

„GEFALLE ICH DIR, DANIEL?"

Colette F.

| Zuerst fiel mir sein Ring auf. | Dann der feine Zwirn. | Und vor allem sein Goldzahn. |

„Sie scheinen an Aktivitäten beteiligt zu sein, die ihre Fähigkeiten um einiges übersteigen", sagt der Mann von den Antillen zu mir.

Er irrt sich. Ich weiss, was ich tue.

Auf der Suche nach Gilles laufe ich Patrick über den Weg...

Er ist mit dem Rest der Bande in einem Hinterhof in Saint-Germain verabredet.

DEINE IDEE, DEN EIFFELTURM AUSZUSCHALTEN, IST GENIAL.

FRANCK UND ICH ARBEITEN SCHON DRAN...

Ich weiss nicht, was er meint, und habe auch keine Zeit mehr, ihn zu fragen, denn wir sind bereits da.

Gilles ist auch dabei... Sie sind schon wieder am Trinken.

Ich muss mit ihm reden... und ihn davon abhalten, das Manifest über mein Plagiat zu schreiben.

DIR GING'S GESTERN JA GANZ SCHÖN DRECKIG, BÜCHERDIEB...

ALS WIR GEGANGEN SIND, HAST DU GESCHLAFEN WIE EIN BABY.

WIE EIN SCHWEIN GESCHNARCHT HAT ER.

BESTIMMT IST ER MÜDE UND BRAUCHT EINEN SCHLUCK.

WILLST DU HEUTE ABEND DABEI SEIN, BÜCHERDIEB?

WAS HABT IHR VOR?

NIMM DIE.

WIR ARBEITEN AN ETWAS, DAS SICH NOCH IN DER EXPERIMENTALPHASE BEFINDET...

WIR SIND DABEI, DIE GRUNDZÜGE EINER NEUEN KARTOGRAFIE ZU ENTWERFEN...

„Wir werden Richtung Norden gehen und uns von der Anziehungskraft des Terrains leiten lassen. Das Dekor bestimmt die Gesten, die Begierden, die Gedanken... Wir müssen auf die geringste Veränderung der Umgebung achten..."

„Es ist nicht leicht, sich rettungslos zu verirren. Vor allem in einer Stadt, die einem bekannt ist."
WAS WAREN DAS FÜR TABLETTEN?
CORYDRAN. EIN AUFPUTSCH-MITTEL.
ZUSAMMEN MIT ALKOHOL WIRKT ES HERVORRAGEND, DU WIRST SCHON SEHEN.
„Die urbane Umwelt setzt sich aus Inseln zusammen…"
Corydran.
„… die jeweils ihre eigenen Kraftfelder, Fixpunkte und Turbulenzen haben."
CORYDRANE
SOULAGE
REMON
CORYZA
DOULEURS
GRIPPE
COURBATURES
ASTHENIE
Ich kenne es.
Ich habe die Reklame gesehen.
„Um dieses Spiel zu spielen, musst du vergessen, wer du bist, Daniel."
BAR
CAFE
Genial, die Reklame.

| Wir laufen stundenlang, ununterbrochen. | Ein ermüdendes Spiel, mit Hindernissen, endlosen Umwegen, Ablenkungen... |

| Wir durchqueren verlassene Gegenden, Fabriken, Bahnhöfe... | Eine Wanderung, deren Route sich beim Gehen ergibt. |

Die Erkundung eines neuen Gebiets.

... UND NONOSSE ZU MIR: "ICH WILL INS LAZARETT. SCHNEID MIR MIT DEM GARTENMESSER DEN FINGER AB." ZACK! NICHT LANGE GEFACKELT.

ICH HAB IHM DAS LETZTE GLIED VOM LINKEN RINGFINGER ABGESCHNITTEN. ZEHN TAGE LAZARETT.

DAS IST DOCH NIX.

DIE STRAFKOLONIEN VON HEUTE SIND NIX IM VERGLEICH MIT DENEN VOR DEM KRIEG. IHR HÄTTET MAL METTRAY SEHEN SOLLEN, BEVOR ES WEGEN DES SKANDALS ANNO '36 DICHTGEMACHT WURDE...

DIE WÄCHTER DA KANNTEN KEINEN SPASS: IN DER ERSTEN NACHT WURDEST DU MIT TRITTEN IN DIE FRESSE WILLKOMMEN GEHEISSEN...

... UND WENN DU SCHEISSE GEBAUT HAST, KAMSTE WOCHENLANG INS LOCH, UND SIE HAM DIR DAS WASSER RATIONIERT...

UND IMMER SCHÖN DEN RÜCKEN ZUR WAND, WENN DIR DEINE EHRE LIEB WAR... WENN IHR WISST, WAS ICH MEINE.

DIE STRAFKOLONIEN VON HEUTE SIND DOCH NICHTS DAGEGEN, DAS SIND DOCH DIE REINSTEN PUFFS. ALLES WEIBERKRAM.

PASS AUF, WAS DU SAGST.

WIR KENNEN UNS DOCH, ODER? BIST DU NICHT EIN KUMPEL VON PAUL, DER KLEINEN SCHWUCHTEL?

HALT JETZT LIEBER DIE SCHNAUZE.

NUR DIE RUHE, PAUL IST AUCH MEIN KUMPEL...

NA DANN.

Jean-Michels Gewaltausbrüche machen mir Angst... Doch Gilles ist genau davon angezogen. Wie so oft ist der Sohn aus gutem Hause gerade vom Strassenjungen fasziniert...

In Begleitung eines solchen Kerls weiss man nie, was als Nächstes passiert.

SEID WILLKOMMEN, ADEPTEN DER EWIGEN REISE...
DENN SOLCHE MÜSSEN SIE SEIN, WAS SOLLTE SIE SONST HIERHERGEFÜHRT HABEN?
KENNST DU DEN?
NOCH NIE GESEHEN.
MEINE HERREN, GEHÖREN SIE ZU EINER ORGANISATION?
WIR SIND NUR EINE KLEINE AVANTGARDE. DIE ANDEREN SIND ZURÜCKGEBLIEBEN UND WARTEN AUF UNSEREN BERICHT.
MERKWÜRDIG... GEWISSE PERSONEN SOLLTEN HEUTE ABEND HERKOMMEN, UND NUN ERSCHEINEN SIE. SCHICKT SIE LOULOU DE LA BASTILLE?
NEIN.
DANN MUSS MAN ANNEHMEN, UNSER TREFFEN WAR VORHERBESTIMMT. ICH BIN NICHT UMSONST AUS NEW YORK GEKOMMEN.

VIELLEICHT LIEGT DER SINN JA IN DER REISE SELBST.	SIE HABEN SOEBEN DAS PRINZIP BENANNT, AN DEM ICH MEIN GESAMTES HANDELN AUSRICHTE: DIE EWIGE REISE... AUCH SIE HABEN SICH FÜR DIESES LEBENSPRINZIP ENTSCHIEDEN, DAS IST IN IHREN GESICHTERN ZU SEHEN.

EBENSO WIE DER KONSUM GEWISSER DROGEN...

ACH KALBAK MAT!

„Sehen Sie, für jemanden, der die Welt durch ein Flugzeugfenster betrachtet, ist sie längst viel zu klein geworden..."

„Es ist unmöglich, sich dauerhaft an einen Ort zu binden... warum sollte man eher diesen wählen als jenen?... Warum sich derart einschränken?"

„Ich habe mich dieser Wahl verweigert und bevorzuge daher Orte des Übergangs."

„Der Mensch muss dem unentwegten Fluss der Ideen und Güter folgen. Er kann sich nicht länger einer statischen Identität verpflichten."

„An einem Tag bin ich in Rom, am nächsten in Peking... Doch ich gebe zu, dass sich mit der Zeit Gewohnheiten gebildet haben: In Istanbul gibt es ein kleines Restaurant, das ich immer besuche, wenn ich dort bin."

„Ich binde mich an nichts, was mich aufhalten könnte, wohne fast nur in Hotels, manchmal bei meiner Frau, und ruhe mich im Flugzeug aus. Manchmal treffen wir uns gleich dort, das ist praktischer..."

„Bisweilen scheint es mir, als würde ich die Erde umkreisen wie diese die Sonne."

„Dieser Lebensstil erleichtert es, Allianzen zu schmieden, Verträge zu verhandeln und Menschen zusammenzubringen, die ich während meiner Reisen treffe..."

APROPOS: ICH HABE DA EIN ANGEBOT, DAS SIE INTERESSIEREN KÖNNTE...

IST DAS IHR LEIBWÄCHTER?

ICH KÖNNTE EINEN MANN WIE IHN BRAUCHEN, UM NÄCHSTE WOCHE EINE KLEINE ANGELEGENHEIT ZU ERLEDIGEN.

WÜRDEN SIE IHN MIR FÜR EINE REISE NACH HAMBURG AUSLEIHEN? DAS GANZE DAUERT NUR EIN PAAR TAGE UND WIRD GROSSZÜGIG ENTLOHNT. EINE GUTE GELEGENHEIT, UM UNSERE ZUSAMMENARBEIT ZU BEGINNEN.

JEAN-MICHEL MUSS MICH NICHT UM ERLAUBNIS BITTEN.

ACH KALBAK MAT!

— UND WER IST DER ANDERE HERR IN IHRER BEGLEITUNG? ER SCHEINT MIR DER SITUATION NICHT GANZ GEWACHSEN ZU SEIN...

— UND DOCH IST AUCH ER EIN SPEZIALIST...

— AH JA?

— SIE SCHEINEN AN AKTIVITÄTEN BETEILIGT ZU SEIN, DIE IHRE FÄHIGKEITEN UM EINIGES ÜBERSTEIGEN.

— VERGESSEN SIE NICHT, EIN GUTER CHEF VERFÄHRT WIE EIN GÄRTNER. TOTE ÄSTE SOLLTEN UNVERZÜGLICH ABGESCHNITTEN WERDEN.

— ICH WILL KEIN CHEF SEIN.

— VIELLEICHT WOLLEN SIE ES NICHT, ABER IN WAHRHEIT HABEN WIR KEINE WAHL.

— ACH KALBAK MAT!

— WAS HAT DAS ZU BEDEUTEN?

— DAS SAGT MAN BEIM KHARBAGA, WENN MAN EINEN STEIN DES GEGNERS SCHLÄGT.

"SIE WAREN OFFENSICHTLICH NOCH NIE IN ALGERIEN.

WIE ICH SCHON SAGTE, SIE SIND DER SITUATION NICHT GEWACHSEN."

"ICH MUSS MICH NUN VERABSCHIEDEN. KOMMEN SIE MORGEN WIEDER. MEINE FRAU TRIFFT VON DEN ANTILLEN EIN UND BRINGT EINEN EXZELLENTEN RUM VON MEINER PLANTAGE MIT."

„Dann werden wir unser Gespräch fortsetzen und können uns über diesen kleinen Ausflug einig werden."

Hungrig und erschöpft kommen wir bei Linda an.

Nach dem Treffen mit dem Mann von den Antillen ist Gilles wie elektrisiert...

ER IST DIE VERKÖRPERUNG MEINER THEORIEN. KEINE FRAGE, ER GEHÖRT ZUR INTERNATIONALEN VERBRECHERSZENE.

Ein seltsamer Kerl, völlig betrunken, klopft an die Tür. Jean-Michel folgt ihm ohne ein Wort.

Ich hatte immer noch keine Gelegenheit, mit Gilles über das Manifest zu reden. Als ich das Thema schliesslich anspreche, bereue ich es sofort.

DAS HATTE ICH VOLLKOMMEN VERGESSEN! SEHR GUTE IDEE!

TUT MIR LEID WEGEN NEULICH. ICH HATTE ZU VIEL GETRUNKEN.
KEINE SORGE.
IST MIR AUCH SCHON PASSIERT.
RIE STADLER
Ich finde heraus, dass Colette in einer Buchhandlung arbeitet.
ICH DACHTE, ARBEITEN SEI FÜR DEN REST DER BANDE TABU.
STIMMT, ABER WENN MAN ÖFTER DIE STELLE WECHSELT, IST ES IHNEN EGAL.
AUSSERDEM WILL ICH KEINE PROBLEME MIT DER POLIZEI. ICH WILL NICHT ZURÜCK ZU MEINEM VATER.
KENNST DU GILLES UND LINDA SCHON LANGE?

EINES TAGES HABE ICH MICH HIER INS VIERTEL VERIRRT UND LINDA KENNENGELERNT. ICH WUSSTE NICHT, WOHIN, UND DA HAT SIE MICH AM ABEND MIT ZU SICH GENOMMEN.
SIE KANNTE MICH ÜBERHAUPT NICHT. TROTZDEM HAT SIE MICH WOCHENLANG BEI SICH WOHNEN LASSEN.
DIE BEIDEN HABEN MICH GERETTET. ICH WAR AM ENDE. WER WEISS, WAS OHNE SIE AUS MIR GEWORDEN WÄRE. UND DU, WAS MACHST DU EIGENTLICH?
LE CHAMPO
ICH STUDIERE JURA...
STUDENT? DIE ANDEREN WOLLEN DOCH EIGENTLICH NICHTS MIT STUDENTEN ZU TUN HABEN...
SIE WISSEN ES NICHT...
ICH HABE ES IHNEN NIE GESAGT.
CAFE
BAR

Inzwischen ist es zu spät für den letzten Bus nach Aubervilliers.

Colette schlägt vor, dass wir zu ihr gehen und Jazzplatten hören. Mit dieser Musik kenne ich mich nicht aus.

Ich habe Schwierigkeiten, den rastlosen, überstürzten Klängen zu folgen.

Ich habe noch nie etwas Vergleichbares gehört.

GEFALLE ICH DIR, DANIEL?

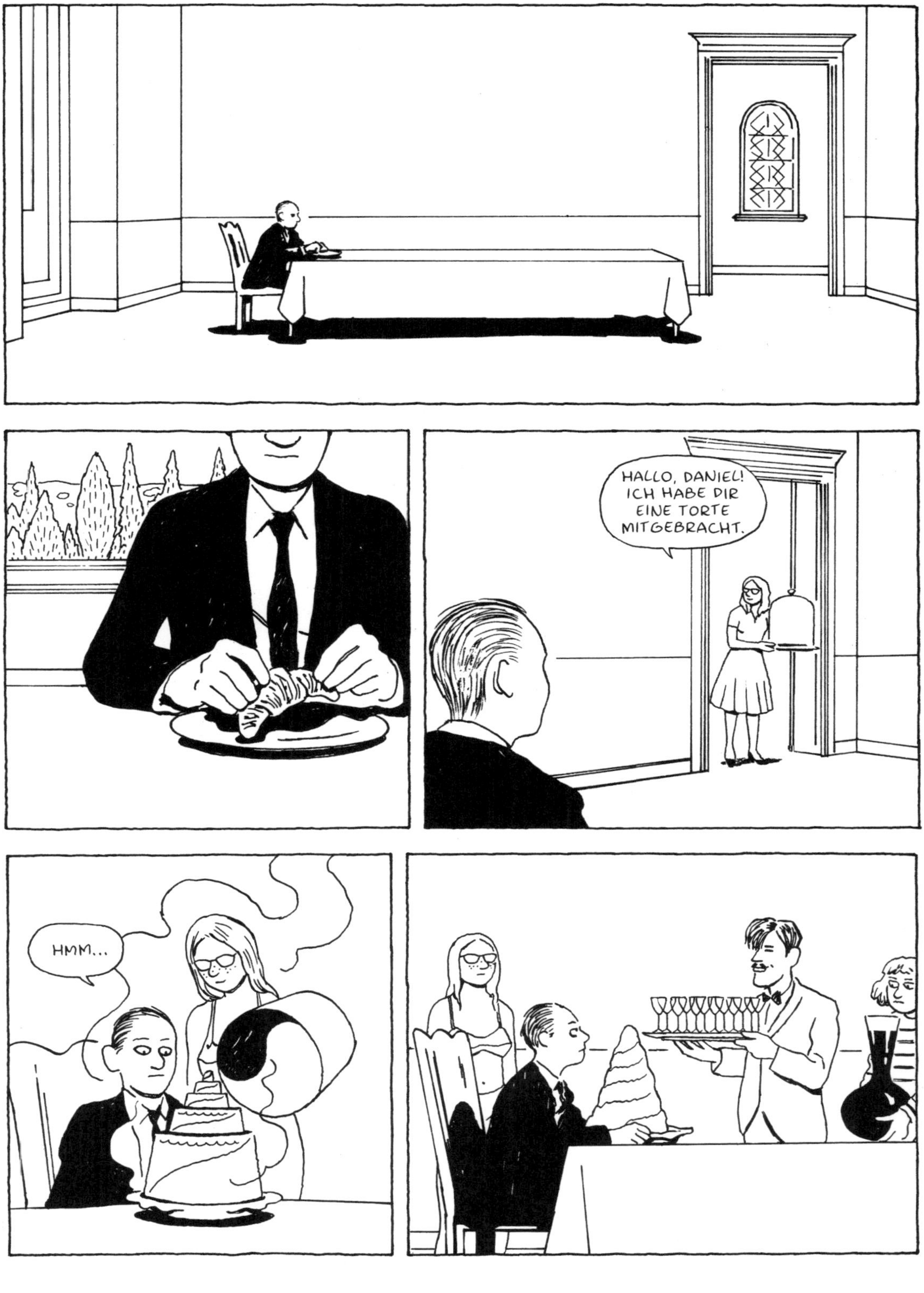
HALLO, DANIEL! ICH HABE DIR EINE TORTE MITGEBRACHT.
HMM...

HIER, TRINK DAS, UND DANN SPIELE ICH DIR JAZZ VOR.
ES IST HA-SCHISCH.
JETZT SIND SIE ENDLICH DER SITUATION GEWACHSEN.
HE!
KOMMST DU MIT INS LAZARETT?

BZZZZZ

"DANIEL!"

Ein paar Minuten nachdem ich Colettes Bett verlassen habe, sitze ich schon bei Nicoles Eltern am Mittagstisch.

Die Einrichtung entspricht ganz den Bedürfnissen einer modernen Familie.

Sogar einen Fernseher haben sie. Ich darf mich nicht beeindrucken lassen.

Ich glaube, ihr Vater ist ein hohes Tier bei Air France oder etwas in der Richtung.

"NICOLE HAT UNS VON IHREN ERFOLGEN BERICHTET. MEINEN GLÜCKWÜNSCH, DANIEL. ES IST MIR EINE FREUDE, EINEN SO TALENTIERTEN JUNGEN MANN KENNENZULERNEN!"

"EINE NEUE GENERATION STEHT BEREIT, MADAME! BALD WIRD SIE DIE MACHT ÜBERNEHMEN UND DEN UNTERGANG DER ALTEN WELT HERBEIFÜHREN."

"UND ICH WERDE TEIL DIESES UNTERNEHMENS SEIN."

HAST DU SCHON DIE GEDICHTE AUSGEWÄHLT, DIE DU BEI „LES TEMPS MODERNES" EINREICHEN WILLST?
DAS ENTSCHEIDE ICH MORGEN. ICH WERDE DER INSPIRATION DES AUGENBLICKS FOLGEN.
ICH FÜR MEINEN TEIL DENKE, DASS DIE BEDEUTUNG DIESES BLATTES ÜBERSCHÄTZT WIRD UND DASS HERR SARTRE EINE PERSON VON ZWEIFELHAFTER MORAL IST... DER EXISTENZIALISMUS IST DOCH ETWAS FÜR NARREN...
PAPA IST KEIN ANHÄNGER DER AVANTGARDE-LITERATUR...
ICH KENNE HERRN SARTRES ROMANE, UND ICH GEBE ZU, ER IST NICHT GANZ UNBEGABT...
DOCH WIE KANN MAN SICH KOMMUNIST SCHIMPFEN UND GLEICHZEITIG UMGEBEN VON EINER HORDE SNOBS, DIE SICH EXISTENZIALISTEN NENNEN, IN KNEIPEN HERUMLUNGERN? KÖNNEN SIE MIR DAS ERKLÄREN, HERR BRODIN?
ICH BIN GANZ IHRER MEINUNG, HERR LEFEBVRE. ICH WÜRDE EHER STERBEN, ALS IN DEN KELLERN VON SAINT-GERMAIN GESEHEN ZU WERDEN.
MEINER ANSICHT NACH BESTEHT ZWISCHEN DEM „TABOU" UND DEM HAUPTQUARTIER DER GAULLISTEN KEIN UNTERSCHIED.

NIEDER MIT DEN USA

RIDGWAY MASSENMÖRDER

RIDGWAY IST EIN MONSTER

NEIN

— DAS BOLSCHEWIKEN-PACK ERGIESST SICH IN DIE STRASSEN VON PARIS.

TRINKEN SIE NICHT ETWAS ZU VIEL, MONSIEUR BRODIN?
SIE KÖNNEN MICH MAL, MONSIEUR LEFEBVRE.
WAMM
DANIEL!
NICOLE!

ICH KOMME MIT!

NICOLE! KOMM SOFORT ZURÜCK!

DEMONSTRIEREN WIR MIT?

NEIN, WIR GEHEN INS KINO...

Nicole beschliesst, nicht mehr nach Hause zu gehen. Als ob ich nicht schon genug Sorgen hätte...

Ich frage mich, ob sie es mit der Rebellion gegen ihre Familie ernst meint...

Anscheinend nicht allzu sehr.

Ich versuche sie zur Vernunft zu bringen, doch sie hört nicht auf mich. Sie sagt, dass sie ihre Eltern nicht mehr ertragen kann...

Hoffentlich erwartet sie nicht von mir, dass ich ihr einen Schlafplatz organisiere.

Ich muss unbedingt die Sache mit dem Manifest regeln.

WAS IST DENN DAS FÜR EINE KNEIPE?

HALLO, FRANCK.

HE, BÜCHERDIEB!

WEISST DU, WO GILLES IST?

GENAU HINTER DIR...

Im Café Alger hatten Gilles und Jean-Michel feststellen müssen, dass nicht nur sie einen Termin mit dem Mann von den Antillen hatten.	Kaum durch die Tür, wurde ihnen klar, dass sie besser gleich wieder kehrtmachen sollten.

Doch Loulou de la Bastille sah das anders.

Er wollte wissen, wo der Mann von den Antillen war... Doch Gilles und Jean-Michel hatten keine Ahnung.

Es dauerte eine Weile, bis er ihnen endlich glaubte.

Und so ganz überzeugt war er nicht.

Irgendwo im Niemandsland konnten sie die Verfolger abhängen. Es dauerte Stunden, bis sie den Weg zurück fanden.

Nach der Begegnung mit Loulou de la Bastille ist Gilles noch euphorischer als zuvor. Er sieht seine Theorien abermals bestätigt.

Ich lasse Nicole bei ihnen, um in Ruhe nachzudenken. Soll ich mit Gilles über das Manifest sprechen?

Ich sage mir, dass er es nie schreiben wird und es unnötig ist, sich den Kopf darüber zu zerbrechen.

ICH HABE BESCHLOSSEN, MEIN STUDIUM FORTZUSETZEN...
UNTER EINER BEDINGUNG.

WELCHE?
ICH WILL NICHT MEHR BEI MEINEM ONKEL WOHNEN, SONDERN IN PARIS. GROSS-VATER IST EINVERSTANDEN.
ALSO GEHST DU WIEDER ZUR UNI?
NEIN... ICH HABE DAS NUR GESAGT, UM WEITER GELD ZU BEKOMMEN. ICH WILL MICH GANZ DEM SCHREIBEN WIDMEN.
IST DAS DEIN ERNST?
ICH WEISS NICHT, OB ICH MIT JEMANDEM SCHLAFEN WILL, DER SOLCHE SACHEN MACHT.

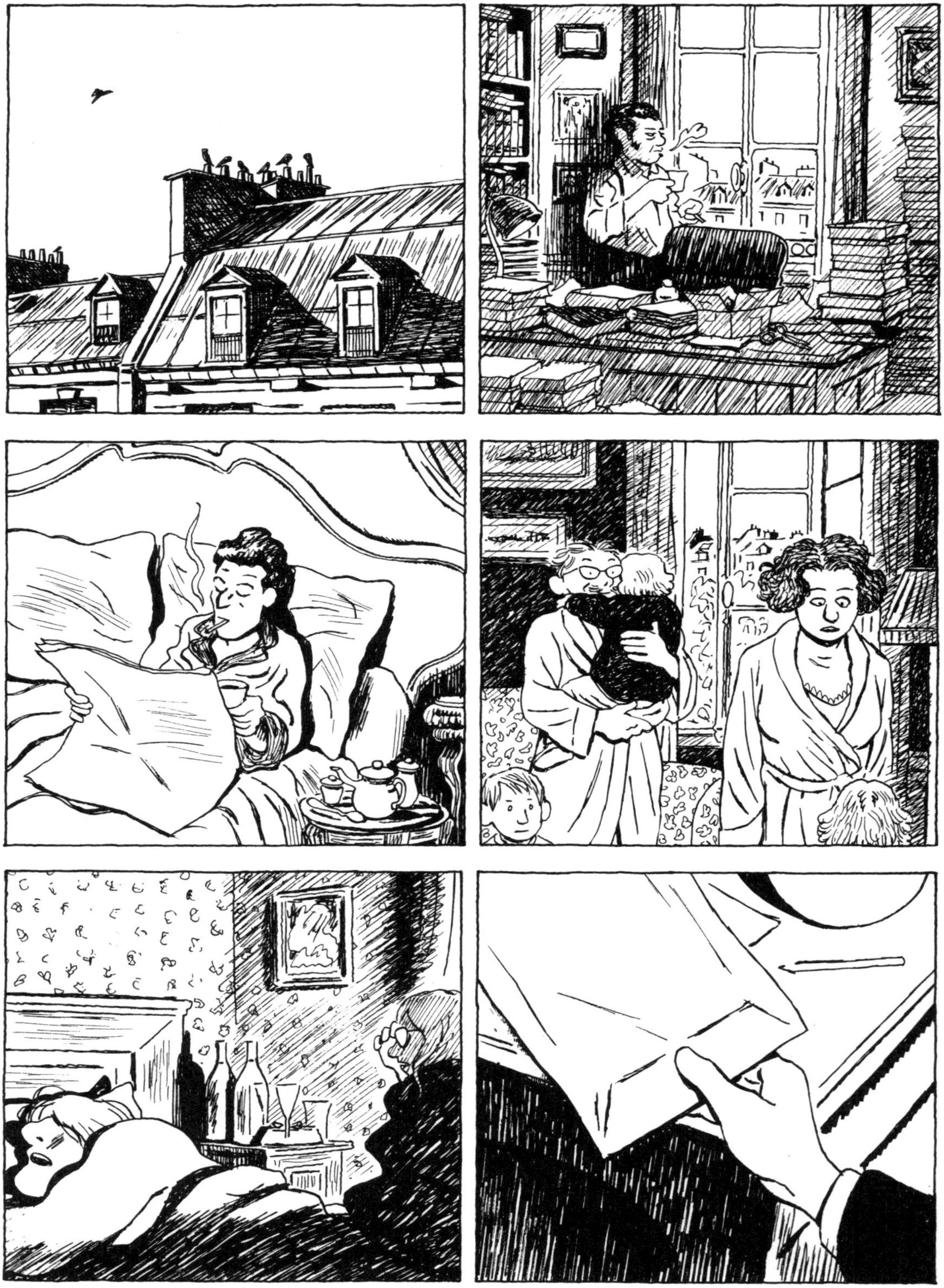

Es ist Freitag, der 13. April 1953.

Heute Abend ist der Empfang bei Gallimard.

Nicole ist nicht nach Hause gegangen. Sie hat die Nacht mit Jean-Michel verbracht. Ich treffe mich mit den beiden, damit sie mich zum Empfang begleiten.

Eine Ausreisserin und ein Krimineller. Die perfekten Begleiter für mein Debüt in der Pariser Literaturszene.

Und die Garantie für einen unvergesslichen Auftritt.

Meine Herren Literaten, aufgepasst...

... denn hier kommt Daniel Brodin.

KAPITEL 5

„POESIE IST WAS FÜR IDIOTEN."

Jean-Michel A.

3. September 1953

Ich heisse Daniel Brodin und ich bin Dichter.

Dies ist der schönste Tag meines Lebens.

> Vor nicht allzu langer Zeit war ich dem Ruhm zum Greifen nahe... Doch dann ist mir etwas weitaus Interessanteres zugestossen.

> Ich blieb unbekannt.

> Zahlreich sind die Menschen, denen ich das zu verdanken habe. Einer von ihnen: der Dandy.

> Ein weiterer: der gute Bélanchon. Der Erste, der mich fallen liess. Dafür werde ich ihm nie genug danken können.

> Ich wollte „jemand" sein. Doch jetzt bin ich nur noch „Der Bücherdieb". So nennen mich meine Freunde.

Ich erinnere mich, wie hoffnungsvoll ich meinem Auftritt bei Gallimard entgegensah... Es war eine der üblichen Abendgesellschaften, bei denen sich das gesamte literarische Paris versammelte.

Unser Gastgeber: Gaston Gallimard persönlich.

Roger Nimier und Bernard Cardon waren auch da. Mit Enttäuschung bemerkte ich Jean-Paul Sartres Abwesenheit.

Ich war mit Jean-Michel und Nicole gekommen, einem Kriminellen und einer Ausreißerin. Um ein bisschen Aufsehen zu erregen.

Gesprächsthema des Abends war das Erscheinen einer brandneuen Reihe bei Hachette: das „Taschenbuch".

Ich war natürlich auf dem Laufenden... Sie lag in allen Buchhandlungen.

DIESE ART VON BÜCHERN GIBT ES SCHON IN GROSSBRITANNIEN, UND IN DEN USA NATÜRLICH AUCH.

ACH MIGUEL, DAS IST DOCH AUGENWISCHEREI. MAN WILL UNS AUF DEN ARM NEHMEN...

DAS BUCH, WIE WIR ES KENNEN UND LIEBEN, WIRD ZU EINEM VULGÄREN KONSUMARTIKEL DEGRADIERT...

MEINE FREUNDE, ICH SEHE IM TASCHENBUCH EINE WAFFE FÜR DEN BEVORSTEHENDEN KRIEG DER IDEEN...

UND ICH SCHÄME MICH NICHT ZU SAGEN, DASS ICH ES FÜR DEN MÄCHTIGSTEN KULTURTRÄGER DER MODERNEN ZIVILISATION HALTE!

HACHETTE HAT DIE KOMMENDEN TITEL BEREITS ANGEKÜNDIGT: GIDE, CAMUS, MALRAUX... SOGAR SARTRE. UND ALLE HEUTE HIER VERSAMMELTEN WERDEN BALD AUCH DABEI SEIN!

UND SIE, DANIEL, WAS DENKEN SIE?

AUCH WENN MILLIONEN EIN GUTES BUCH LESEN, WERDEN ES IMMER NUR EINE HANDVOLL MENSCHEN SEIN, DIE ES WIRKLICH VERSTEHEN, MONSIEUR BÉLANCHON.

Diese Arroganz! Ich kann es selbst kaum glauben, wenn ich heute daran zurückdenke.

Jean-Michel fing schon an, Aufsehen zu erregen. Ich mischte mich nicht ein, denn mich beschäftigten andere Dinge.

GUTEN ABEND.

GUTEN ABEND, HERR BRODIN.

ICH MEINE VERNOMMEN ZU HABEN, SIE HÄTTEN IHRE GEDICHTE FÜR „LES TEMPS MODERNES" DABEI. EIN PAAR NEUE PLAGIATE?

NEIN, DIESMAL NICHT... DOCH ICH WOLLTE SIE FRAGEN: SIE HABEN NIEMANDEM VON MEINER „INSPIRATIONSQUELLE" ERZÄHLT... WARUM NICHT?

WEIL ICH MIR GERNE ANSEHE, WIE DUMMKÖPFE, DIE SICH FÜR INTELLIGENT HALTEN, HINTERS LICHT GEFÜHRT WERDEN.

NEHMEN SIE DEN ARMEN BÉLANCHON: ER WILL UM ALLES IN DER WELT ZUR AVANTGARDE GEHÖREN...

... UND MACHT SICH DABEI NUR LÄCHERLICH.

MENSCHEN, DIE WIE ICH DIE SCHÖNEN DINGE LIEBEN, MÜSSEN SICH AUF SUBTILERE WEISE VERGNÜGEN, ETWA, INDEM SIE EINEN KLEINEN SCHLAWINER WIE SIE LAUFEN LASSEN...

... UM SPÄTER SEINEM UNTERGANG BEIZUWOHNEN.

Und genau das erwartete mich! So ein Irrsinn!

ABER WAS TUN SIE DENN DA?

DIESER KERL WOLLTE MEINE BRIEFTASCHE STEHLEN!

NUR DIE RUHE!

DU SPINNST DOCH, OPA.

ES HANDELT SICH GEWISS UM EIN MISSVERSTÄNDNIS. JEAN-MICHEL IST MEIN FREUND, ICH VERBÜRGE MICH FÜR IHN!

SIE KENNEN SICH BEREITS, NICHT WAHR?

NEIN.

"KOMMEN SIE, DANIEL, ICH MUSS MIT IHNEN SPRECHEN."	"WOLLEN SIE IHRE GEDICHTE VORTRAGEN? ICH HABE VIEL VON IHNEN ERZÄHLT, UND ALLE BRENNEN DARAUF, SIE ZU HÖREN."	"NUN LASSEN SIE SICH NICHT BITTEN!" "IN ORDNUNG, MIGUEL."

"LIEBE FREUNDE! UNTER UNS IST HEUTE ABEND EIN HÖCHST TALENTIERTER JUNGER MANN, DER BEREIT IST, UNS EINIGE SEINER GEDICHTE VORZUTRAGEN. HABEMUS POETAM!"

"SEIN NAME IST DANIEL BRODIN! MERKEN SIE SICH DEN NAMEN GUT, DENN SIE WERDEN NOCH VIEL VON IHM HÖREN! UND VERGESSEN SIE NICHT, DASS ICH ES WAR, DER IHN ENTDECKT HAT! HA HA!"

Ich nahm auf gut Glück ein Blatt. Es war „Der sexuelle Kompass", eines meiner besten Gedichte.	Eine Ode an die euklidische Geometrie, aus erotischer Perspektive neu interpretiert.	Ich trug es voller Leidenschaft vor, denn ich wusste: Nur so kann man das Herz des Publikums bewegen.

"WAS IST DAS FÜR EIN DRECK?"

Es war eine Katastrophe. Bélanchon versuchte noch, den Abend mit geschraubten Erklärungen zu retten, doch es war vergebens.

Es gab hämisches Gelächter. Galt der Spott ihm oder mir? Es machte keinen Unterschied...

Das Schlimmste sollte erst noch kommen.

UND, WAS HALTEN SIE DAVON?

ICH?

DER BÜCHERDIEB IST MEIN FREUND, ABER SEINE GEDICHTE SIND ZUM KOTZEN.

ACH? UND WIE KOMMEN SIE ZU IHREM URTEIL?

SIE MACHEN KEINE ANGST. DAMIT MIR ETWAS GEFÄLLT, MUSS ES MIR ANGST MACHEN. ICH MUSS MIR IN DIE HOSEN SCHEISSEN... WORTWÖRTLICH.

DAS VERSTEHE ICH NICHT.

WILLST DU MEINE FAUST IN DIE FRESSE? NA?

NEIN, NEIN...

SEHEN SIE. SO MUSS KUNST SEIN. MAN MUSS ANGST HABEN, DASS SIE EINEM WEHTUT.

MIT GEDICHTEN IST ES GENAUSO, WENN MAN DENN UNBEDINGT WELCHE SCHREIBEN MUSS... EIGENTLICH IST ES BESSER, KEINE ZU SCHREIBEN. AUSSER FÜR GELD, VERSTEHT SICH.

JEAN-MICHEL IST MEIN PROTEGÉ. ICH VERSUCHE IHM DIE GRUNDLAGEN DER LYRISCHEN KUNST BEIZUBRINGEN UND...

UND SIE SELBST HABEN NOCH NICHT DARAN GEDACHT ZU SCHREIBEN? MIR SCHEINT, SIE HÄTTEN EINIGES ZU SAGEN.

DOCH, ICH SCHREIBE KLEINE TEXTE, ABER DIE SIND BESTIMMT NICHTS FÜR SIE.

BITTE, LESEN SIE DOCH ETWAS.

DANN LES ICH MAL, WAS? „MEIN HERZ? GEHÖRT MAMA / MEIN SCHWANZ? DEN HUR'N..."

„... UND DER HALS?"

„... DER GEHÖRT DEIBLER."

WUNDERVOLL! EIN HAIKU!

UND WER IST DIESER DEIBLER? EIN FREUND VON IHNEN?

ABER NEIN! DEIBLER, DER HENKER! DER DIE BONNOT-BANDE HINGERICHTET HAT. DIE BANKRÄUBER.

ICH HABE MAL EINEN DER ÜBERLEBENDEN GETROFFEN... ER WAR SCHON ALT, ABER IMMER NOCH KNALLHART.

DEN CHEF, JULES BONNOT, HABEN SIE NUR GEKRIEGT, INDEM SIE SEIN VERSTECK IN DIE LUFT GEJAGT HABEN. ER HÄTTE SICH NIE ERGEBEN.
BANKÜBERFÄLLE! SO WAS MUSS MAN MACHEN! POESIE IST WAS FÜR IDIOTEN!
ICH HABE HIER NOCH EIN PAAR ANDERE...
MEIN GOTT, BRODIN, WOLLEN SIE MICH RUINIEREN?
WAS HABEN SIE DENN DA VORGELESEN? HABEN SIE DEN VERSTAND VERLOREN?
DIE VERÖFFENTLICHUNG IN „LES TEMPS MODERNES" KÖNNEN SIE SICH ABSCHMINKEN! GEHEN SIE MIR AUS DEN AUGEN!
„Ich verpass dir eine / ... du blutest, Baby..."
„Doch das ist kein Grund, mich nicht mehr zu lieben."
GALERIE ION
GALERIE

Mir blieb nur noch eins: in die Seine zu springen.

Ich liess die Ereignisse, die mich an diesen Punkt geführt hatten, vor meinem inneren Auge Revue passieren.	Ich hatte den Erfolg mit aller Kraft herbeigesehnt. Doch erreicht hatte ich ihn nicht.	Weshalb? Viele Menschen ohne eine Spur von Talent haben Erfolg. Warum nicht ich?

Hatte ich ihn nicht genug begehrt?

Und wenn nicht, was begehrte ich eigentlich wirklich?

COLETTE? NICHT GESEHEN. DIE IST WOHL ZU HAUSE GEBLIEBEN.
HÔTEL TOUT CONFORT
Wir wohnen jetzt zusammen.
Sie arbeitet weiter im Buchladen und ich beschäftige mich, so gut es geht.

Colette mag Jazz und russische Literatur. Sie isst gerne Spaghetti. Ihre Lieblingsfarbe ist Grün.
Heute hat sie Geburtstag.
Die andere grosse Neuigkeit dieses Monats: Meine Familie finanziert mich nicht länger.
Alles nur wegen Ed. Dabei hatte ich gerade wieder angefangen zu studieren...
Ich sollte ihm ein paar Sachen tragen helfen, die einer seiner Freunde in einem Auto liegen lassen hatte.
In mehreren Autos, wie sich herausstellte.

Die Geschichte landete in den Zeitungen, und es wurde natürlich ein Riesenwirbel veranstaltet.

KRIMINELLE JUGEND

Daniel Brodin und Edmond Hommel, beide 20 Jahre alt, werden in der 12. Strafkammer dem Richter Royer vorgeführt.

Ihr Aufzug ist kurios: apfelgrüne Cordhosen, Schuhe mit dicken Kreppsohlen, das Ganze gekrönt von einem wirren Haarschopf, der einem Vogelnest ähnelt. Dies scheint die Uniform gewisser Gestalten zu sein, die sich in Saint-Germain-des-Prés herumtreiben und dort Bürgerschreck spielen. In jeder Epoche gab es solche jungen Leute, die durch ihr Benehmen und ihre Kleidung ihre revolutionäre Gesinnung kundtaten: die Incroyables nach der Revolution, die Romantiker unter Louis-Philippe, die Kubisten vor 1914, die Surrealisten in den 20er Jahren, die Zazous nach 1943 und die Existenzialisten von Sartres Gnaden. Doch auch wenn diese jungen Leute viel Lärm machten, stahlen sie zumindest nicht. Brodin und Hommel dagegen haben ihre Methode perfektioniert: Ihnen reicht es nicht, den Bürgerschreck zu spielen, sie rauben ihn kurzerhand aus! Ein Schutzmann bemerkte ihr „Interesse" an Autos, die auf dem Boulevard Saint-Germain parkten. Zu dem Zeitpunkt trugen sie noch nichts bei sich. Doch als der Schutzmann sie wiedersah, waren sie bepackt mit Handtaschen, Fotoapparaten usw. Doch nicht lange, denn der Schutzmann verfrachtete Diebe und Diebesgut ohne viel Federlesens auf die Wache.

Oft wird gesagt, dass mit Richter Royer nicht zu spaßen sei. Doch lassen wir ihm Gerechtigkeit widerfahren: Wenn die Umstände es erfordern, weiß er, das Strafmaß angemessen zu dosieren. Die beiden noch nicht vorbestraften jungen Männer dürften jederzeit Arbeit finden, sofern sie die Sinn- und Zwecklosigkeit ihres Tuns einsehen und erkennen, dass sie niemanden „schrecken", sondern nur Schaden anrichten. Daher verurteilte der Richter sie lediglich zu sechs Monaten auf Bewährung und 12.000 Francs Strafe.

Vor dem Gericht wurden die „Helden" schon erwartet, von einem Empfangskomitee aus einem Dutzend absichtlich schäbig gekleideter junger Männer, die sich hemmungslos die wirren Mähnen kratzten, um die Redakteurin und den Photographen dieses bescheidenen Blattes zu „erschrecken".

NICHT FEDER, NICHT SCHWERT, SONDERN JUSTITIA ENTSCHEIDET

Trissotin und Vadius lösten ihre Konflikte unter sich und baten höchstens Boileau um einen Schiedsspruch. Voltaire und Jean Fréron tauschten keine Schläge aus, sondern Epigramme. Das waren die guten alten Zeiten, in denen man zwar prozessierte (wie Racines Plaideurs zeigen), doch einander nicht schon wegen einem Verriss vor den Kadi zerrte – haben Schriftsteller eine weitaus

Aber h
beziehungs
dünnere Ha
Der Junge
leidigt

> Colette hat die Kaution gezahlt. Die ganze Bande hat nach der Anhörung auf mich gewartet.

Der Alte stellte sofort die Zahlungen ein. Und sprach nicht mehr mit mir. Um mir das mitzuteilen, schickte er meinen Onkel vor.

„ICH WUSSTE GAR NICHT, DASS GROSSVATER DEN „DÉTECTIVE" LIEST."

„DIE NACHBARIN HAT EIN ABONNEMENT."

Um uns ein kleines Extra zu verdienen, spezialisierten Ed und ich uns auf Altpapier.
Wir klingelten bei den Leuten und gaben uns als Studenten aus, und das Papier verkauften wir dann weiter... So kann man gutes Geld verdienen, denn Papier ist heutzutage eine kostbare Ware.
Doch eines Tages wurde Ed besoffen auf der Strasse aufgegriffen... Die Geschichte machte im Viertel schnell die Runde, und niemand öffnete uns mehr die Tür.
Danach tat ich mich mit Ralph zusammen, wir handelten mit seltenen Büchern und Erstausgaben. Ich war für die Beschaffung zuständig.
Gilles ging in dieser Zeit nach Algerien. Allem Anschein nach traf er dort unten Leute, die sich sehr für seine Ideen interessierten.
Wir schreiben uns regelmässig.

Durch unseren Briefwechsel habe ich wieder angefangen zu schreiben, ohne es richtig zu merken.

Allerdings keine Gedichte. Ich schreibe an einer Art Roman.

Ich habe ihm den Titel „Erinnerungen eines Bücherdiebs" gegeben. Colette unterstützt mich mit äusserst scharfsinnigen Kommentaren.

Eine Figur des Buches ist an sie angelehnt: Adeline.

Jean-Michel kommt auch vor. Ich habe ihn Eugène getauft.

Jean-Michel, den wir nicht mehr zu Gesicht bekommen, seit er ein Star geworden ist.

Nach dem Abend bei Gallimard wurde er dank Bélanchon schnell zur neuesten Attraktion von Saint-Germain.	Doch dann wurde er wegen Unzucht mit einer Minderjährigen verhaftet. Nicoles Eltern hatten ihn angezeigt. Die Arme wurde in ein Sanatorium in der Schweiz gesteckt.
Viele Prominente unterstützten Jean-Michel. Sogar Sartre mischte sich in die Angelegenheit ein. Der Prozess läuft noch.	Eine Journalistin zeichnet seine Memoiren auf und veröffentlicht sie monatlich in „Les Temps Modernes".
Eines Tages ist er wieder im Sully aufgetaucht.	Er wollte eine Runde ausgeben, doch Gilles liess ihn wissen, dass ihre Freundschaft beendet sei. Seitdem spricht niemand mehr mit ihm. Der Preis seines Verrats.

Wenn man jüngsten Gerüchten aus Saint-Germain Glauben schenken kann, ist sein Stern auch dort am Sinken... Er trinkt wohl zu viel...
... und nach einer kleinen Meinungsverschiedenheit mit Jean Genet hat er die Unterstützung der Existenzialisten verloren.
Seine Gewalttätigkeit soll sogar Bélanchon auf die Nerven gehen. Mittlerweile sieht man ihn oft mit der Clique um den Maler Wloskoski.
SCHAUEN WIR IM SULLY VORBEI?
CAFE BAR

DA SEID IHR JA! ALLES GUTE ZUM GEBURTSTAG, COLETTE!

An diesem Abend sind alle da. Fast alle. Patrick und Mohamed fehlen, sie sind mit Sprengstoff im Gepäck hochgenommen worden.

Laut Polizei wollten sie den Eiffelturm in die Luft jagen.

„Unser Freund kann wegen ihm nicht schlafen", sollen sie gesagt haben. Jetzt sitzen sie im Knast. Wir sind sie sogar besuchen gegangen.

Dies sind die glücklichsten Tage meines Lebens. Das weiss ich wohl.

Das Einzige, was uns wirklich getroffen hat, war Eds Selbstmord.

DIE ARBEIT IST DAS UNGLÜCK DER GESELLSCHAFT!
WAS LACHST DU?
STIMMT'S ETWA NICHT?
HEHEHE!
IHR KÖNNT MICH ALLE MAL! ICH HAU AB.
IDIOTEN...
HE, DU...
ARBEITEST DU?
JA, KLAR.
DANN BIST DU EIN GANZ SCHÖNER DEPP.
GEH NACH HAUSE UND SCHLAF DICH AUS.
FICK DICH.

LA TARTINE CAFE
UM SECHS UHR MORGENS TRINKT IHR SCHON ALKOHOL?
DER ALKOHOL IST EUER VERDERBEN!
DIE ARBEIT IST EUER VERDERBEN!
PATI
ARRR! SEID IHR DENN ALLE BESESSEN?
SO IST DAS LEBEN!

So endete es für Ed. In der Seine. Genau wie ich es selbst vorgehabt hatte.

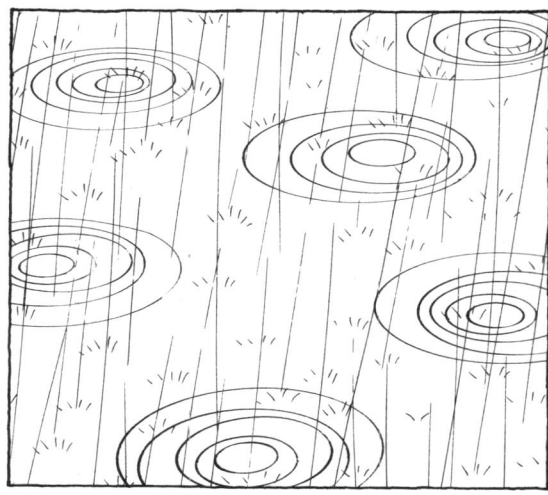

Gut, dass ich Angst bekam.

BROMM

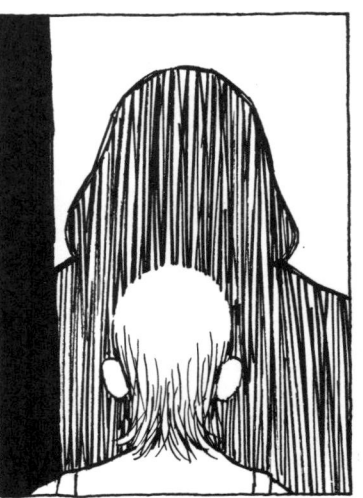

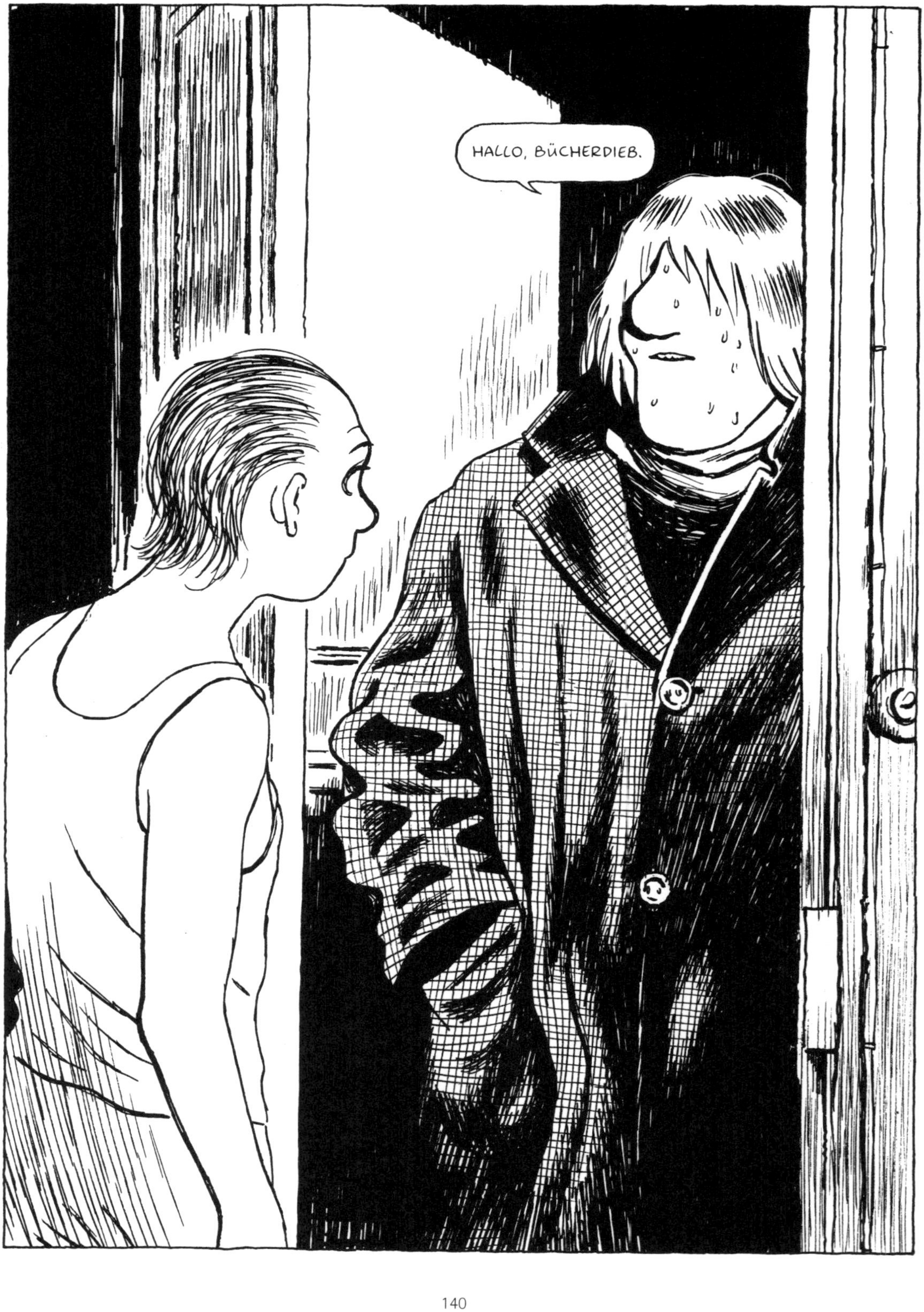
HALLO, BÜCHERDIEB.

KAPITEL 6

„GANZ STARK, BRODIN, GANZ STARK!"

François B.

„Das ist ein einfaches Ding: Wir räumen eine grosse Wohnung im Cour de Rohan aus."

„Sie gehört einem berühmten Maler. Sein Atelier liegt im zweiten Stock."

„Er hat einen Haufen Bilder, die ein Vermögen wert sein müssen."

„Und der Rest der Wohnung ist voll von Antiquitäten, Teppichen, Skulpturen und anderem Zeug."

„Ich bin mir sicher, dass da auch Schmuck und Geld zu holen sind."

„Aber ich hatte keine Zeit nachzuschauen."

„Meine Abwesenheit wäre nicht unbemerkt geblieben."

„Der Alte hat so viel Zeug, dass ihm der Diebstahl vielleicht nicht einmal auffällt... Die Wohnung ist ein echtes Museum."

„Vielleicht habt ihr ja schon von ihm gehört. Sein Name ist Balthasar Wloskoski."

AH, JEAN-MICHEL...

WIE GEFÄLLT IHNEN UNSERE KLEINE FEIER?

WO WARST DU DENN?

FICKEN.

> ICH WAR EIN PAARMAL MIT WLOSKOSKIS CLIQUE UNTERWEGS... ER SCHMEISST TOLLE PARTYS. NICHT SO LANGWEILIG WIE DIE VON BÉLANCHON.

> ALS BÉLANCHON MICH FALLEN LIESS, WAR DER ALTE DER EINZIGE, DER SICH NICHT VON MIR ABGEWENDET HAT...

> DER IST NICHT WIE DIE EXISTENZIALISTEN... DEM IST ES SCHEISSEGAL, DASS ICH GENET EIN PAAR OHRFEIGEN VERPASST HABE...

> UND ER IST AUCH NICHT WIE DIE JOURNALISTIN, DER ICH MEIN GANZES LEBEN ERZÄHLT HABE... MITTENDRIN HAT SIE ALLES HINGESCHMISSEN.

> IN DEN LETZTEN WOCHEN HABE ICH BEI IHR GEPENNT, ABER AUF EINMAL HAT SIE MICH RAUSGEWORFEN. ICH WEISS NICHT, WO ICH HIN SOLL. UND DAZU NOCH DER PROZESS...

„Nicoles Familie will meinen Kopf... Ich habe keine Chance, das steht schon mal fest."

„Ich muss aus der Stadt, bevor das Urteil verlesen wird, und ich brauche Geld."

EIGENTLICH GEHT'S MIR GEGEN DEN STRICH, BEI DEM ALTEN EINZUSTEIGEN, ABER ER SCHWIMMT IM GELD...

„Julien kommt mit, er war auch bei den Partys dabei..."

„Das Auto, mit dem wir aus Paris abhauen, besorgt René. Ist ja sein Spezialgebiet."

„Gegen Ende des Monats wird die Wohnung leer stehen: Wloskoski fährt im Herbst immer zum Arbeiten in den Süden."

ICH BRAUCHE EINEN UNTERSCHLUPF, UM DEN BRUCH ZU PLANEN UND DIE BEUTE EIN PAAR TAGE LANG ZU VERSTECKEN. DAS WÜRDE EUCH DOCH KEINE UMSTÄNDE MACHEN, ODER?

"WIR KÖNNEN NICHT ABLEHNEN. ER IST SCHLIESSLICH UNSER FREUND."

"ICH WILL IHN NICHT IM REGEN STEHEN LASSEN, ABER DIE SACHE MIT DEM EINBRUCH GEFÄLLT MIR NICHT..."

So was bringt Ärger mit sich.

"JEAN-MICHEL BEDEUTET ÄRGER. UNWEIGERLICH."

Ärger?

Ein berühmter Maler. Eine Wohnung ausrauben. Den Dieb und seine Beute verstecken...

Das Verbrechen. Die Gefahr. Das Unvorhergesehene... Da muss doch was für mich bei rausspringen.

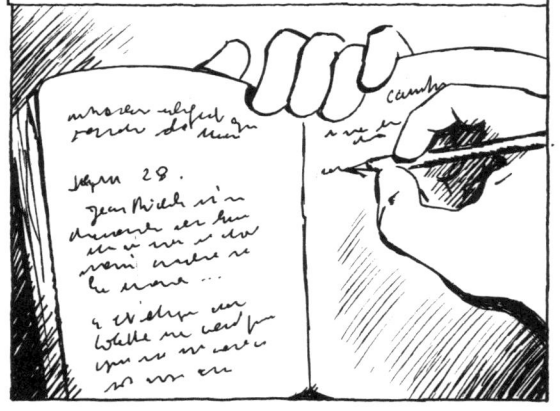

Natürlich! Da springen Seiten raus! Seiten für meinen Roman!	Doch ich brauche mehr Details...
	"DA WOHNT ER."
"Da ist das Fenster."	"Das Tor zum Hof wird abends abgeschlossen. Unmöglich, da reinzukommen."
ABER SIEHST DU DIE TÜR DA? IM OBERSTEN STOCK IST EINE KLEINE LUKE, DURCH DIE WIR AUFS DACH KOMMEN.	ÜBER DIE DÄCHER KANN MAN EINMAL UM DEN HOF LAUFEN, BIS GENAU VORS WOHNZIMMERFENSTER.

DER REST IST EIN KINDERSPIEL. WIR SCHNEIDEN EIN LOCH INS GLAS UND ÖFFNEN DAS FENSTER.
UND WAS BRAUCHT MAN DAFÜR?
EINEN DIAMANT-SCHNEIDER.
WENN WIR DRIN SIND, PACKEN WIR SO VIEL WIR KÖN-NEN EIN UND HAUEN AB.
UND WIE KOMMT IHR WIEDER RAUS?
WIR KLETTERN AN EINEM SEIL DIE FAS-SADE RUNTER.
DA SIND SIE, AUF DEM WEG ZUM MARKT, WIE JEDEN MORGEN... DER ALTE MAG FRISCHEN FISCH.
„Der andere ist François, sein Geliebter. Du kennst ihn, oder? Erinnerst du dich, als du mich bei Gal-limard gefragt hast, ob ich ihn kenne? Ich habe Nein gesagt, aber das war gelogen...“
ER IST DAFÜR ZUSTÄNDIG, DIE JUNGS UND MÄDELS FÜR DIE PARTYS BEI WLOSKOSKI AUFZU-TREIBEN. ER HATTE MICH IM VIERTEL GESEHEN...
WAS SCHREIBST DU DENN DA?
NICHTS, SACHEN FÜR MICH...
... UND WANN TREFFEN WIR JULIEN?
HEUTE ABEND... UM DIESE ZEIT SCHLÄFT ER. GEHEN WIR EINEN TRINKEN?
HAT COLETTE DIR GELD GE-GEBEN?

Julien.

DER ALTE IST SCHWER-
REICH, ABER DIE KNETE IST
IHM EGAL. ER VERDIENT SIE
ZU LEICHT UND VERTEILT SIE
UNTER DEN LEUTEN.

ICH MAG IHN,
DEN ALTEN. DER WEISS,
WIE MAN FEIERT.

DEN JUCKT'S NICHT, WENN
WIR EIN PAAR SACHEN MITGEHEN
LASSEN... DER MALT EINFACH WIE-
DER EIN PAAR KLEINE MÄDCHEN UND
SCHAFFT DEN KRAM NEU AN...

ICH HAB SCHON JE-MANDEN, DER DIE WARE FÜR UNS LOSSCHLÄGT.
IN ZWEI, DREI TAGEN IST ALLES VERKLOPPT.
VERPISS DICH! DAS IST MEIN PLATZ.
DAS IST MEIN PLATZ! VERSTANDEN?
NA, WIE VIEL, DAMIT DU ABHAUST, DU NUTTE? 1000, 2000, 3000? JEDER HAT SEI-NEN PREIS, FREUNDCHEN...
HEEEE, OPA, ICH WERD DICH GLEICH...
HEEEE...
TSSS... HÖR LIEBER AUF DEN BOSS...
HEEEE...
NIMM DIE KOHLE UND ZIEH LEINE.
...
CRAS
THUB

Ich bin verliebt.

Verliebt in den Roman, den ich schreibe.

Durch ihn liebe ich alles, was ich sehe.

Da sind sie wieder, die Träume vom Ruhm. Ich wähnte sie verschwunden, doch sie kehren mit Macht zurück.

Das wird ein herausragendes Werk!

Ich... Gide.

Ich... Camus.

Ich... Sartre.

Ich! DANIEL BRODIN.

Autor von „Erinnerungen eines Bücherdiebs".

Ein Meisterwerk!

18. September. Nur noch ein paar Tage, bis wir den Bruch machen.

"Ich habe schon ein ganzes Heft mit Notizen zu den Vorbereitungen vollgeschrieben.

Mir ist noch nicht klar, wie ich es ausgehen lasse. Verläuft alles wie geplant oder endet es in einem Fiasko?

Und die Colette-Figur? Was wird aus ihr? Wird sie ihre Hilfe anbieten oder auf Distanz gehen?

Im Roman nimmt mein Alter Ego am Einbruch teil, während ich im wirklichen Leben bequem zu Hause in der warmen Stube sitzen werde... Keine reale Gefahr: das Privileg des Schriftstellers.

DU HAST WIEDER EINEN BRIEF VON GILLES BEKOMMEN.

WENN DIESE SACHE VORBEI IST, WARUM GEHEN WIR DANN NICHT AUCH WEG?

WIR KÖNNTEN NACH ITALIEN...	DAVON HAST DU NOCH NIE ETWAS GESAGT. Monsieur Daniel Brodin (Präsident der Pariser Päderastenvereinigung Sektion Saint Germain) 2, Rue Racine - PARIS - VIᵉ

DIESE SACHE MIT JEAN-MICHEL ZEHRT AN MIR... ER WOHNT JETZT SCHON ZWEI WOCHEN BEI UNS... ICH HALTE DAS NICHT MEHR AUS.

ICH HABE DEN EINDRUCK, DASS SICH DIE DINGE BALD ÄNDERN WERDEN, ABER ICH WEISS NICHT, WIE...

HEISST ES NICHT, MAN SOLL GEHEN, WENN'S AM SCHÖNSTEN IST?

GEHEN?

EXP: CAIUS VALERIUS CATULLUS
BP. 267
ALGER

WARUM NICHT? ICH WOLLTE SCHON IMMER NACH ITALIEN...

ES GIBT EIN PROBLEM!

Es ist etwas geschehen...

Julien ist abgestochen worden. Wir wissen nicht, wer dahintersteckt.

Ohne Julien kein Bruch...

Es musste ein neuer Komplize her.

Laut Jean-Michel war ich der Einzige, der in Frage kam.	DAS ALLES IST NUR WEGEN DIR PASSIERT, BÜCHERDIEB. OHNE DICH WÜRDE ICH IMMER NOCH WIE FRÜHER LEBEN... DU WOLLTEST UNBEDINGT, DASS ICH ZU GALLIMARD MITKOMME.	Ich war der Einzige, der alle Einzelheiten des Plans kannte. Und ausserdem ist es schwer, sich Jean-Michel entgegenzustellen.
DU SPINNST.	DANN HÄTTEN WIR GENUG GELD, UM NACH ITALIEN ZU GEHEN. WOLLTEST DU DAS NICHT?	IHR WERDET IM KNAST LANDEN! EINE WOHNUNG AUSRÄUMEN IST NICHT WIE BÜCHER KLAUEN!
Wie dem auch sei, ich kenne alle Einzelheiten.	Ich hatte sogar mit Jean-Michel die Wohnung ausgespäht, um sicher zu sein, dass der Maler weg war.	Ich bin tatsächlich der am besten geeignete Mann.

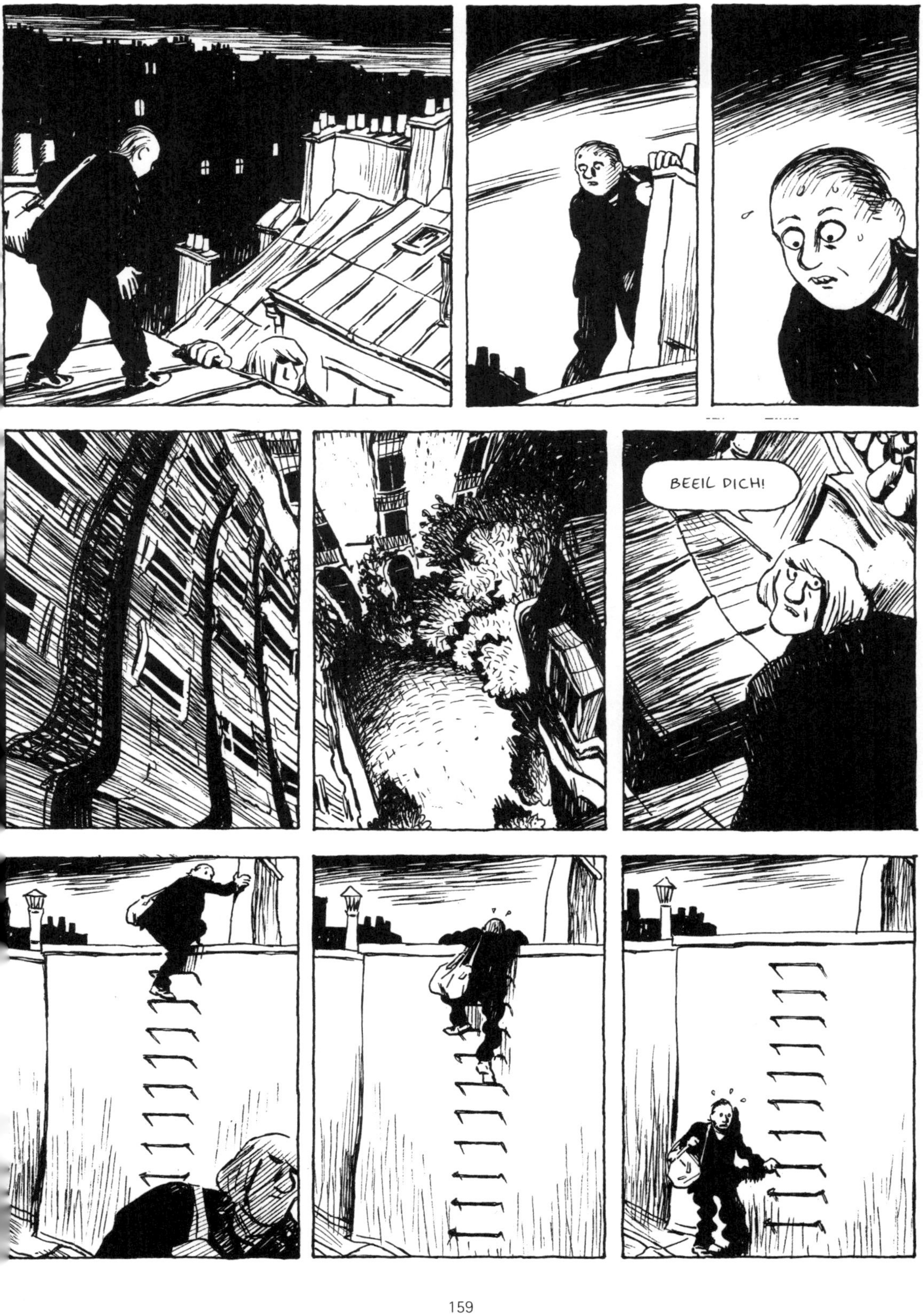
BEEIL DICH!

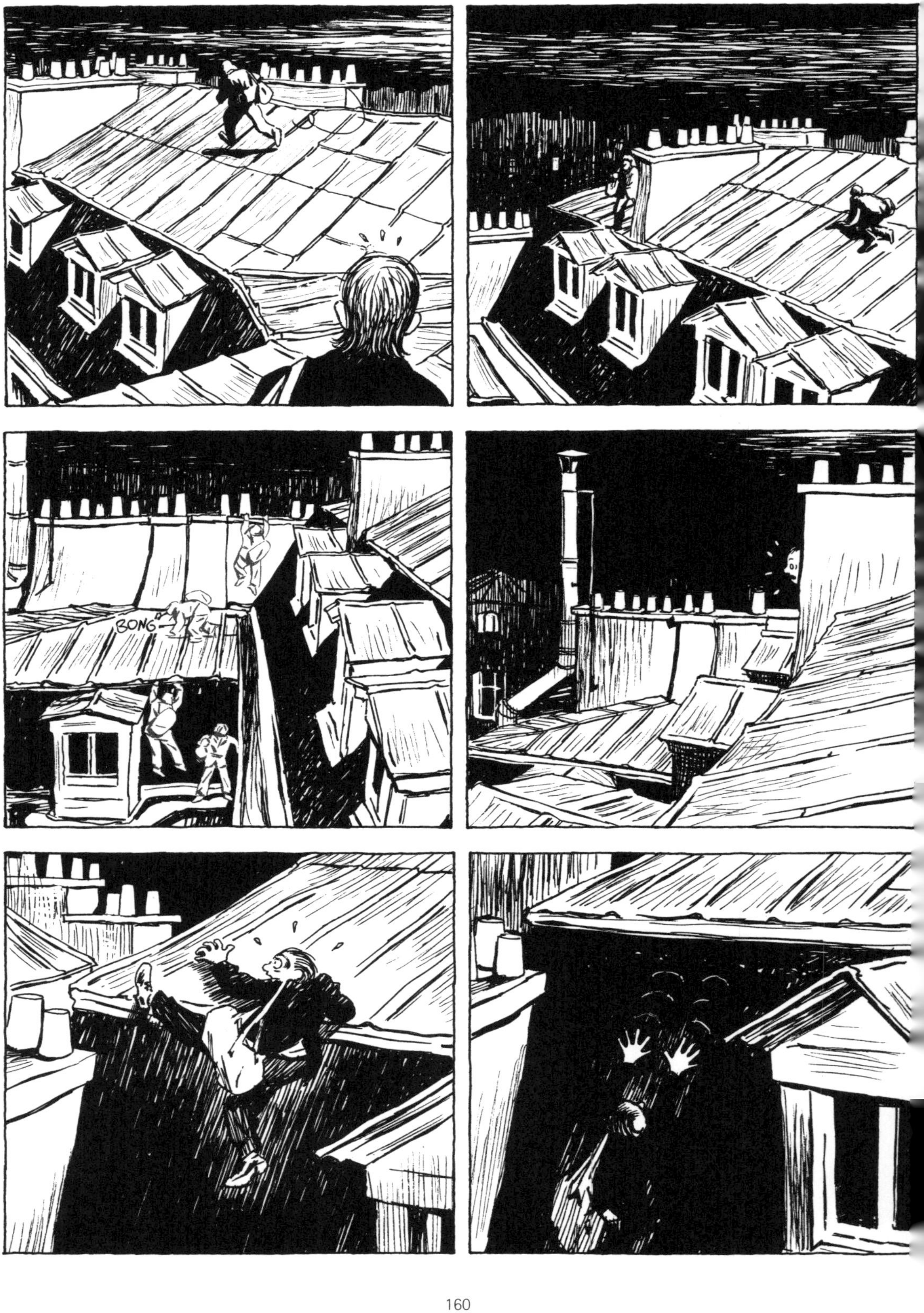
BONG

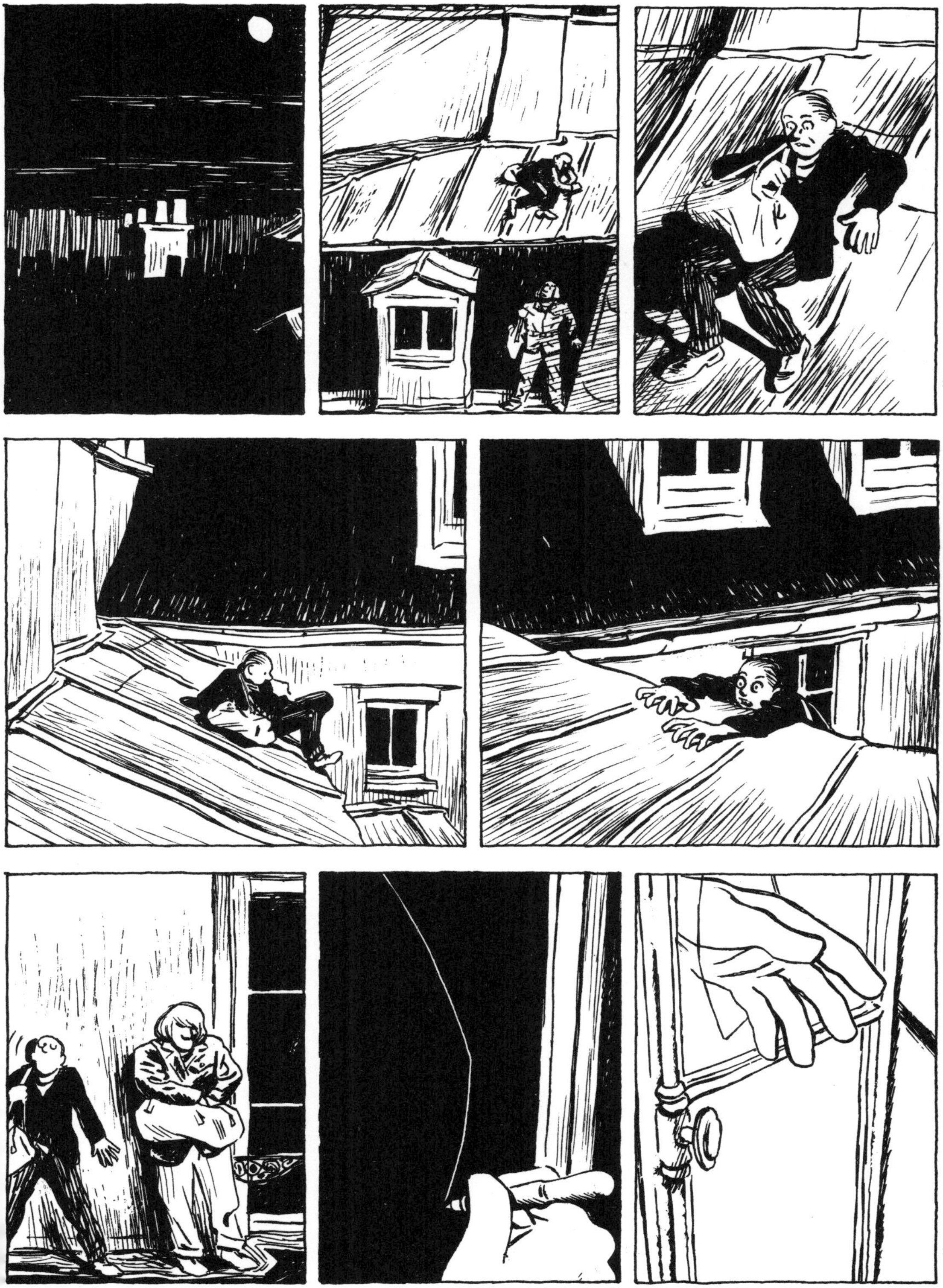

162

ICH ÜBERNEHME DAS HIER. SUCH DU IN DEN ANDEREN ZIMMERN, OB DU IRGENDWO KOHLE FINDEST.

KLICK
BRODIN?
WAS MACHEN SIE DENN HIER? WIE SIND SIE HEREIN-GEKOMMEN?
SIE WERDEN DOCH NICHT ETWA IM BEGRIFF SEIN, BALTHASAR AUSZURAUBEN...?
GANZ STARK, BRODIN, GANZ STARK! ICH MUSS ZUGEBEN: ZUM ALLERERSTEN MAL ÜBERRASCHEN SIE MICH!
ICH WERDE JETZT DIE POLIZEI RUFEN. NEHMEN SIE SICH DOCH SO LANGE EIN BUCH.
DIE KNARRE, BÜCHERDIEB!
NIMM IHM DIE KNARRE AB!

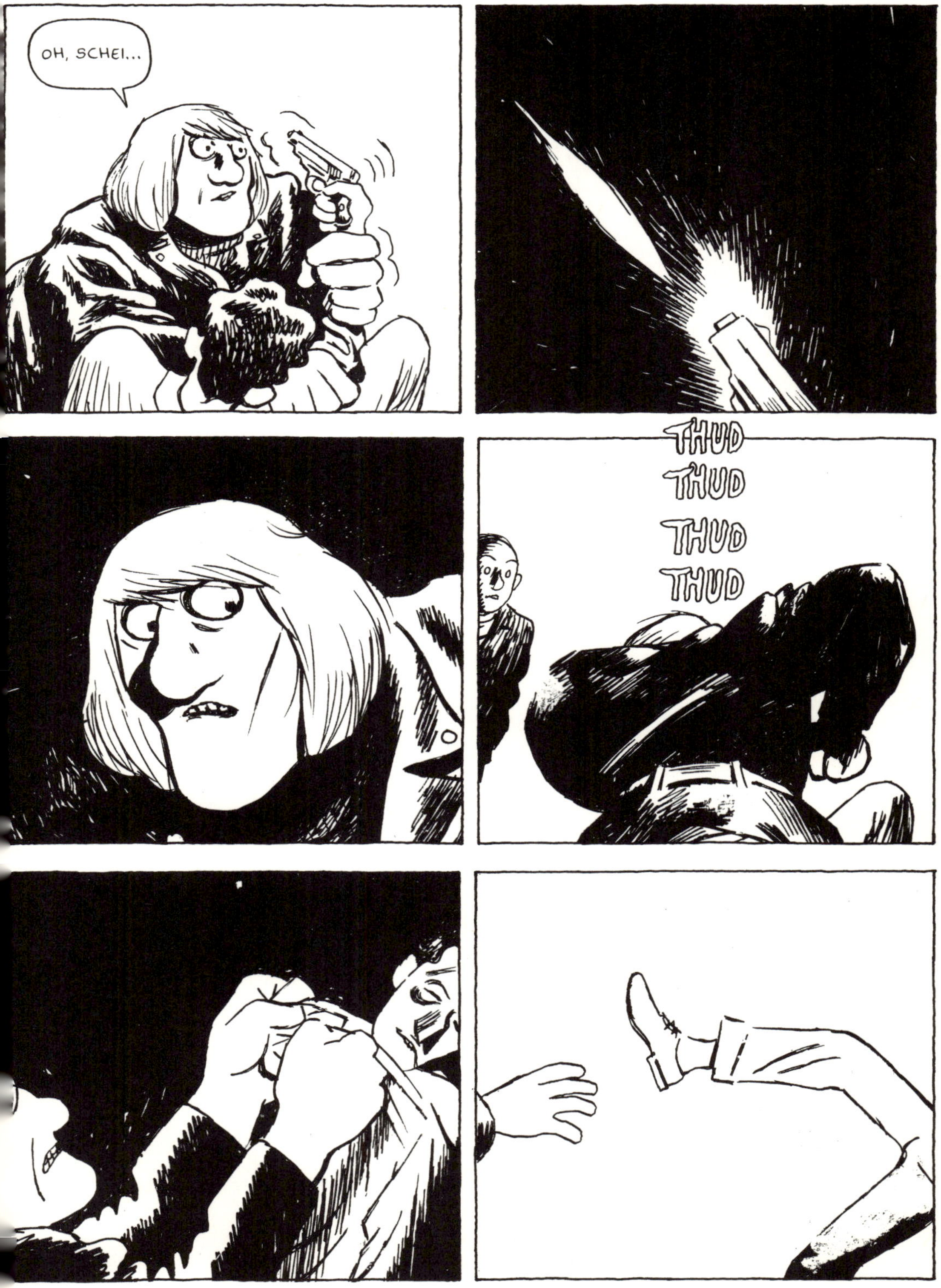
OH, SCHEI...
THUD
THUD
THUD
THUD

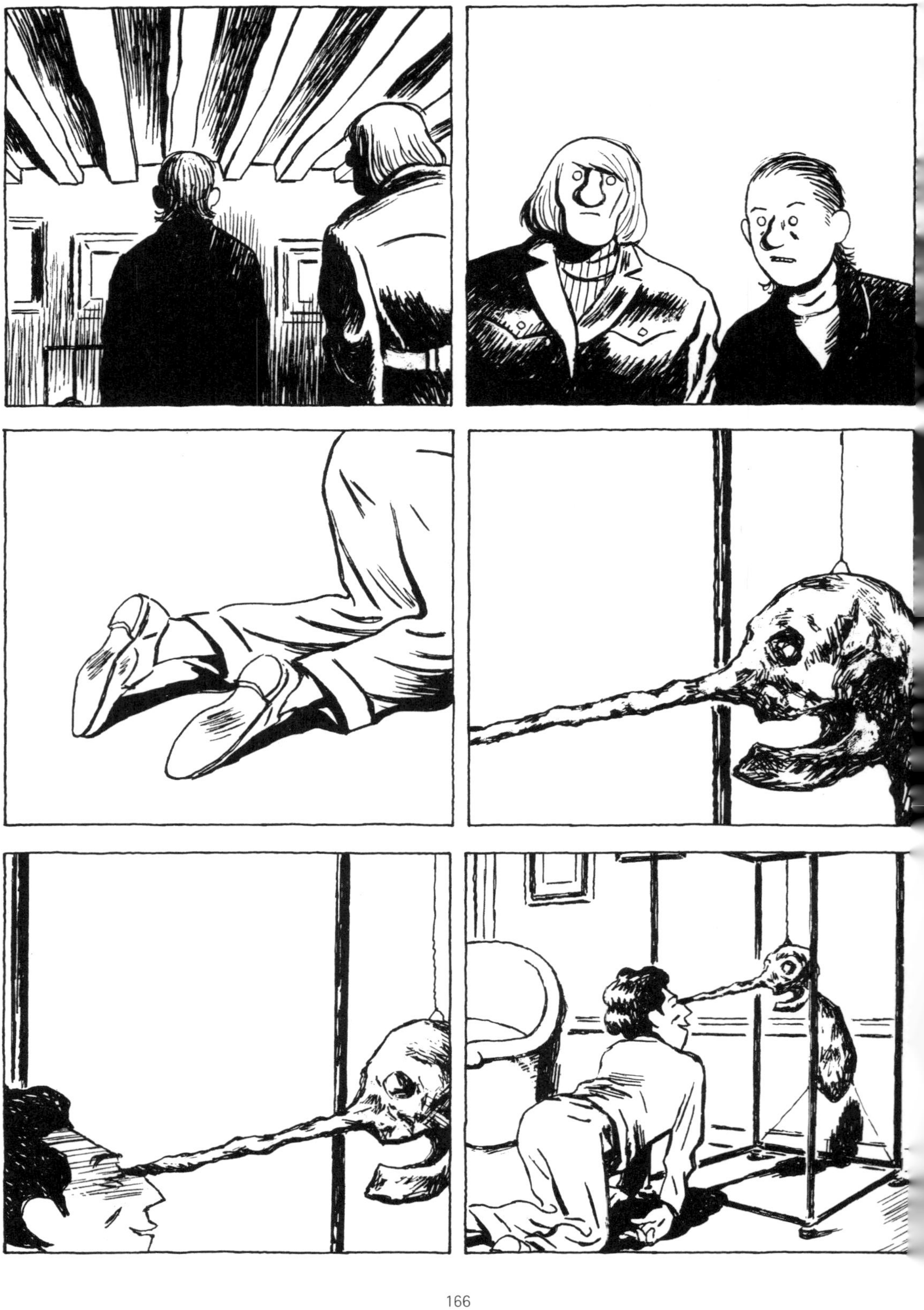

Der Schluss eines Romans ist der schwierigste Teil. Doch ich kann noch ein wenig über ihn nachdenken. Die Zeit drängt nicht.

Mit welchen Eindrücken sollen wir den Leser entlassen?	Gibt es Hoffnung? Oder hält die Zukunft nur böse Überraschungen für uns bereit?
Ich finde mein Notizbuch nicht mehr, ich habe es verloren... Doch ich brauche es nicht mehr. Ich bin der Protagonist dieser Geschichte: Um sie zu erzählen, werde ich mich meiner Erinnerungen bedienen.	Wir sind zurück zu Colette. Ich habe ihr erzählt, dass es schiefgegangen ist. Dass uns jemand gesehen hat.
Dass wir dringend von hier verschwinden müssen.	Aber ich habe ihr nicht alles gesagt. Ich werde ihr schreiben.

Colette wird ihr Leben ohne mich fortsetzen.

TOCK
TOCK
TOCK
TOCK
GUTEN TAG, WOHNT HIER EIN GEWISSER DANIEL BRODIN?
NEIN.
SIND SIE SICHER?
DÜRFEN WIR EINTRETEN, MADEMOISELLE? DIE SACHE IST ZIEMLICH ERNST.
KENNEN SIE DIESES NOTIZBUCH?

Ich habe sehr wenige Sachen mitgenommen.

Kleidung, ein paar Bücher – und den Roman, an dem ich schreibe.

Mehr brauche ich nicht.

Jean-Michel kennt eine Stelle in den Pyrenäen, wo man den Zoll umgehen kann.

Wir wollen Spanien durchqueren und dann Gilles in Algier treffen.

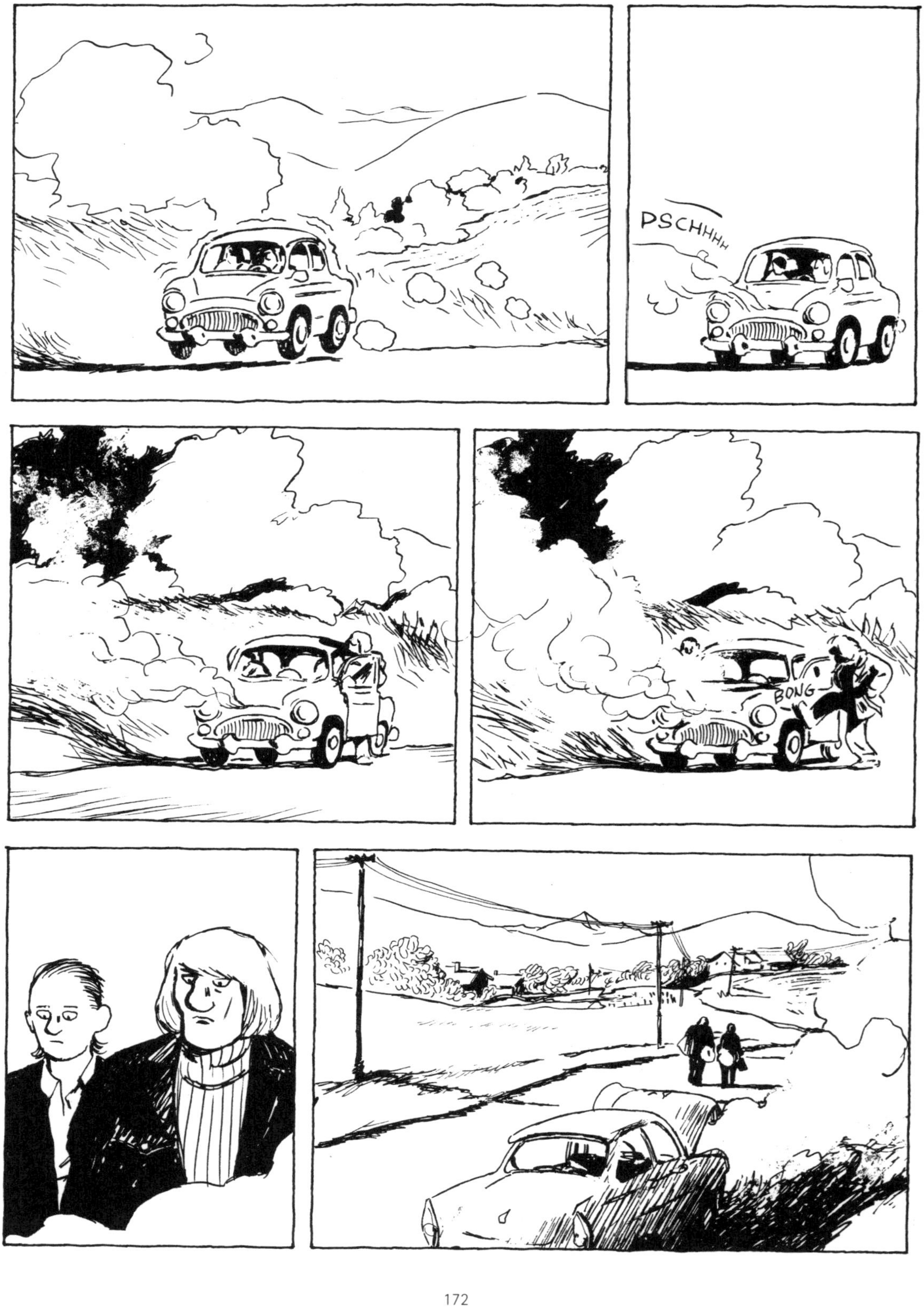
PSCHHHH
BONG

Ich habe Colette verloren, doch aus irgendeinem Grund bin ich nicht traurig.

In erster Linie bin ich ungeduldig.

Ich stelle mir die ganze Zeit vor, wie ich zu Papier bringen werde, was ich gerade erlebe.

Wie sich diese Erfahrungen in Romanseiten verwandeln werden.

Doch was auch passiert, es wird ganz bestimmt ein Meisterwerk...

... denn was sollte man anderes von Daniel Brodin erwarten?